征痕

慎 斋 · 著

浙江大学出版社
ZHEJIANG UNIVERSITY PRESS

· 杭
州

图书在版编目（CIP）数据

屦痕 / 慎斋著 . -- 杭州 ：浙江大学出版社，2025.

3. -- ISBN 978-7-308-25976-7

Ⅰ. I267.4

中国国家版本馆 CIP 数据核字第 2025HG4670 号

屦痕

慎斋　著

责任编辑	李海燕
责任校对	朱梦琳
装帧设计	雷建军
出版发行	浙江大学出版社
	（杭州市天目山路 148 号　邮政编码 310007）
	（网址：http://www.zjupress.com）
排　　版	杭州棱智广告有限公司
印　　刷	杭州捷派印务有限公司
开　　本	710mm×1000 mm　　1/16
印　　张	16.25
字　　数	200 千
版 印 次	2025 年 3 月第 1 版　　2025 年 3 月第 1 次印刷
书　　号	ISBN 978-7-308-25976-7
定　　价	98.00 元

　　这本书是慎斋先生的游记。

　　慎斋本名金联祯，今年是他88岁米寿。慎斋精神矍铄、思维清晰，这得益于他长期坚持读书、做笔记，和常悬臂写大字。本书的书名《屐痕》和其中每章的标题，都是他的手笔（均已缩小）。

　　慎斋有非同寻常的人生经历。他交往的朋友大多是学者、教授和书画家，彼此会互相切磋。他对我这个晚辈（他的子女年龄都大过我）总是鼓励有加，一直视我为忘年交，这次坚持要我为他的《屐痕》写序，长者命不可辞，我只能诚惶诚恐地勉力为之。

　　金联祯的爷爷金润泉是萧山湘湖边金西村人，在中国近代金融史上是一位响当当的人物，被誉为"金融界的常青树"。润泉先生1909年12月出任大清银行浙江分行行长；民国时期长期任中国银行浙江分行经理；中华人民共和国成立后，继续留任中国银行董事、分行经理、总行赴外稽核等职；1950年，润泉先生被选为杭州市第一届各界人民代表会议协商委员会副主席、杭州市工商联副主任委员；1954年，润泉先生病逝。润泉先生对浙江的经济发展、慈善救济等作出过重要贡献，获得党和政府的肯定。浙江大学出版社曾于2014年出版我撰写的《金融钜子金润泉》，2023年该书又由浙江大学出版社向海内外发行了英文版。在此书采访和整理的过程中，润泉先生的孙辈联祯先生、乐琦先生以及乐琦夫人金董建平都给予我极大的支持和帮助。

我十分惊叹联祯先生的文字素养及功力，在接触中也对他不同凡响的人生经历逐渐了解。联祯先生出生于 1936 年 12 月 16 日。他的祖父金润泉和外祖父史久鳌都是中国银行的创行元老和董事，为抗战而奔波辗转。父母则赴美国留学。他一直在上海的祖母身边做留守儿童，饱受与父母游离之苦。1951 年 7 月，15 岁的他初中刚毕业，受"抗美援朝，保家卫国"的爱国热情激发，毅然投笔从戎，先后在安徽合肥、芜湖及南京等地学习和工作。在部队四年，他虽然工作积极，成绩出色，屡获表扬，并加入南京军区政治部文化部门的"文学评论小组"和南京作家协会的"培训班"，却由于海外关系（父、母、弟、妹均在美国），按当时政策无法入党提干，1955 年 2 月便复员回上海。他曾以同等学力报考大学，也因海外关系及出身工商地主家庭而名落孙山。1955 年 10 月，他被分配至上海市闸北区新建的上海市第十三初级中学（后增设高中，改名共和中学），先为职员，后由代课、兼职而成为正式的初中语文教师。因曾在"整风"期间直言，1958 年 10 月被戴上"右派分子"帽子，成了全国最后一批右派分子，长期过着"不敢抬头走路、不敢高声说话"的屈辱生活。1962 年，复旦大学英语系毕业生毛思孟不顾家人反对，与他结婚。在艰苦的岁月中，二人抚养一对儿女，至今相濡以沫 60 多年。

1979 年 4 月，在中央统战部的关心下，联祯提出的赴美与母亲、弟、妹们团聚的申请得到特别批准，一家四口便踏上了去美国的旅程。由于他曾随国画大师潘君诺学过写意花鸟，便在纽约的德裔画家 Karl Mann 工作室担任画师。

慎斋三弟金乐琦的岳父是世界船王董浩云，他在纽约结识了董浩云先生。董先生十分赏识慎斋的才干，1981年要他辞去画师工作，到香港董氏的东方海外集团工作。1982 年，董浩云先生委派慎斋作为私人代表秘密访问北京，以构筑与北京方面直接沟通的便桥。联祯在北京与各级领导会晤，顺利地完成了浩云先生交代的任务。次年，浩云先生又安排他和乐琦去北京，以浩云先生全资拥有的"英国海达钻井公司"董事的名义，与有关部门商议合资经营海上石油开采公司，其间获得叶剑英委员长的亲切接见，廖承志副委员长的热情宴请。经过一年多的谈判，1983 年 7 月"中国南海海达钻探公司"成立了，这是中国第三家，并且也是当时拥资最多的中外合资企业。乐琦先生任外方副董事长，联祯先生任外方董事。与此同时，乐琦和联祯还代表董浩云，于上海成立三家中外合资企业，在中国改革开放初期起了领头羊的作用。

董浩云先生逝世后，联祯一直担任董建华先生的中文秘书。1996 年，董建华先生竞选香港特别行政区首届行政长官时，他与香港科技大学吴校长等四位学者一起起草《竞选纲领》。作为董建华先生的谋士，他见证了香港回归的重要时刻，也见证了香港回归祖国后的人心所向。

联祯先生能写会画，对文字和审美都有极高的悟性。他的三弟妹董建平 1981 年创办了香港著名的"艺倡"画廊，那些用"慎斋"笔名在《明报月刊》《信报月刊》等媒体上刊登的 30 多篇艺术评论均出自先生的手笔。

慎斋先生非常喜爱摄影。家里客厅挂着最早的一张照片拍摄于 1956 年，是张黑白的家乡杭州六和塔梅花图，取名"虞姬舞剑霸王歌",不仅贴切,而且意境古雅、形象。另外一张 1971 年拍摄的安徽黄山黑白像,山峦、迎客松都缥缈于云雾之中,取名"千年极顶幻鲲鹏"。这样的摄影创作不仅需要很强的观察力和感知力,还需要丰富的想象力。

2008 年慎斋退休后,有更多的时间周游世界,摄影、读书、写作。他是香港《旅游世界》《相机世界》的专栏作家,曾发表过 60 多篇带有照片的游记。本书大部分文章都选自这两份刊物。

从本书丰富的插图中可以看到,慎斋拍摄的手法也是丰富的。按照对象不同,有的简洁,有的朦胧,体现了他的观察和审美;有的画面安静稳定,体现了历史的沧桑和久远;有的画面有活泼的动感和生机,从中可以感受到他对生活的炽热之情。人们常说,艺术是相通的,这点在慎斋先生身上可以得到证实。慎斋懂音乐和诗词格律,他将景物的流动线条、形体色块、明暗光影,通过画面的取舍组成鲜明的视觉表达,展现了作品的气韵。在本书的封面照片中,斑驳色彩的对比景物中有一头发花白老者,走向广阔的远方,摆动的双臂给人以活力和热情感,正是"莫道桑榆晚,为霞尚满天"。

慎斋先生的文字能力很强,条理清晰,逻辑性强。在他每一篇游记中,既有对旅游点历史文化的清晰概述,也有直观的体验和感受,夹述夹议,情景交融,对准备出游的人来说,此书有一定的参考价值,对已经游览过的人来说,也可能得到共鸣。

联祯先生说他对世界的最初记忆是在 1938 年的夏天,18 个月的他躺在小铜床上,爸爸买的 4 个不同颜色的气球系在床周的 4 根柱子上，在微风中飘荡。他把"飘荡的气球"作为自己的象征。如今"飘荡的气球"已降落大地，他的儿女、孙辈均事业有成，并且还有了第四代，他已成了"无怨、无悔、无忧、无虑、无欲、无求"的"六无居士"。

大文豪苏轼曾写《和子由渑池怀旧》："人生到处知何似，应似飞鸿踏雪泥。泥上偶然留指爪，鸿飞那复计东西。"说人的一生所经历的事情，就如同大雁飞过留下的脚印一般。苏轼对人生的感慨，常被后人引为经典。慎斋先生的这本文集正如雪泥鸿爪，是有意义和价值的。

是为序。

申俭

（浙江作家、西泠印社社务委员会文博研究馆员）

甲辰桂秋于鸣翠蓝湾

目录 CONTENTS

神州漫游

Mount Tai

岱庙正阳门

五岳至尊的泰山

　　泰山被称为"五岳至尊",名曰"岱宗",这多少有些侥幸,若论自然景观,比高峻、比雄奇、比俊秀、比深幽,都轮不到它,勉强可以说:"胜在平均。"

　　其实,泰山最大的优势是位置卓越。它处在"四方"之首,代表日出之所、萌发万物的东方,称为"东岳",自然享有优先权;而周围广袤的平原,则助长其突兀的气势,连孔子也为它揄扬。

岱庙之宋天贶殿

西神门

泰山相伴华夏文明传承历史。相传上古时代曾有 72 位君主在泰山会诸侯、定大位。由秦始皇、汉武帝带头，先后有 13 代帝王亲登泰山封禅或祭祀，另有 24 代帝王遣官祭祀 72 次。东汉以来，释、道两教流行，都看中泰山这块宝地，建寺筑观，所以泰山的行宫神庙、碑刻石雕特别多。

这些人文景观极大地弥补了自然景观之不足，给泰山增色生辉，就像原先不过中人之姿的少女，经过悉心梳妆打扮，顿成绝代佳人，于是泰山就摘下了"天下第一山"的桂冠。

历来帝王登泰山前必至南麓的岱庙祭祀泰山之神——"东岳大帝"。岱庙是一组仿照帝王宫殿模式建造的宏大的建筑群。主殿天贶殿建于北宋真宗大中祥符二年（公元 1009 年），雄伟壮丽，与北京故宫太和殿、曲阜孔庙大成殿合称"三大名殿"。庙内各庭院竖立数百块碑碣，其中最著名的有秦李斯所书的"泰山刻石"和东汉"张迁碑"和"衡方碑"等，极为珍贵。东部汉柏院有传说汉武帝手

南天门摩空阁

深山梵宫

岱庙汉柏

植的柏树五株，霜皮溜雨，黛色参天，阅尽人间沧桑。

从岱庙之北的岱宗坊起步，登完七千余级石阶，便可到达泰山之巅的岱顶，即使是壮健的男子恐怕也要花三个钟点。我们偷懒，乘车至山后的桃花峪，改搭缆车上山，仅仅花了七分钟。虽然省力、省时，但失却了欣赏一些最主要和最出色景观如经石峪、云步桥、十八盘的机会，后悔不已。因为在岱顶，除了大观峰的摩崖石刻，其余如碧霞祠、玉皇顶等均不过尔尔。

泰山深受古今骚人墨客们的敬仰、赞美，留有千百篇脍炙人口的诗文。珠玉在前，原不该放肆下笔，发出一些不和谐的噪声，罪过，罪过！

——原文载于《相机世界》257期

曲阜谒"三孔"

曲阜是座古城，相传炎帝和黄帝都曾在此建都，春秋时期为鲁国的都城。曲阜以孔子家乡扬名天下。

孔子（公元前551年至公元前479年）名丘，字仲尼，春秋末期的思想家、政治家和教育家。作为政治家，他是失败的，周游列国，皆不能被用，郁悒以终。作为思想家和教育家，他取得了巨大的成功。孔子是儒家学派的创始人。

孔子逝世三百年后，西汉武帝采纳董仲舒"罢黜百家，独尊儒术"的建议，确立了儒家学派两千多年的正统地位。不过经过董仲舒改造的儒学，塞进了"天人感应""君权神授""三纲五常"等，并不是孔子思想的本来面目。孔子硬是被抬上神台，历朝历代叠加封号，普建文（宣王）庙，供人膜拜。

在孔子被逐渐圣化的过程中，曲阜祭祀孔子的"孔庙"，后裔嫡孙居住的"孔府"和孔氏墓地"孔林"，合称"三孔"，也不断扩建升格。"三孔"是曲阜主要的名胜古迹。

孔子殁后的第二年（公元前478年），鲁哀公下令将孔子故居三间，陈设他生前用过的衣、冠、琴、车、书册等，作为岁时奉祀之所。孔庙的历史比秦始皇修长城还早250多年。经过历代扩建，孔庙成为拥有三大殿、一阁、一坛、两庑、两堂、两斋、三祠、十三碑亭、五十四门坊的宏大古建筑群，占地21万平方米，规模仅次于北京故宫，而几座主要建筑的精美度，或犹过之。

大成殿是祭祀孔子的正殿，唐代始建，称"文宣王殿"，宋徽宗取孟子所说"孔子之谓集大成"，改名"大成殿"，亲书殿额。明代重建的大成殿重檐九脊、黄瓦朱甍，气势

大成殿 额

孔庙奎文阁

孔府 重光门

雄伟，与北京故宫的太和殿、山东泰安的天贶殿，并称"三大殿"。其前檐十根高浮雕的蟠龙石柱和殿前的二龙戏珠石陛，更是我国石雕艺术的瑰宝。

原来存放孔子著作与历代帝王赐书的奎文阁，三重飞檐、四层斗拱，庄重华丽，为我国古代十大名阁之一。这座宋代初建、明代扩建的名阁纯木结构，其顶部重量仅靠悬立二层楼板上的立柱承担，至今找不到第二座，经受数百年的风雨，岿然不动，可谓建筑学上的奇迹。

奎文阁之北，排列着保存唐宋以来53块碑碣的13座碑亭，重檐八角，檐与檐重叠，角与角交错。杜牧《阿房宫赋》所述的"檐牙高啄""钩心斗角"，在这里找到了实例。

孔子直系后裔世居曲阜阙里。孔子46代孙在宋代被册封世袭"衍圣公"后，原居被划入拓展的孔庙，另建府第，称"衍圣公府"，俗称"孔府"。随着衍圣公的官衔、品位一再跃升（明代已是"班列文官之首"的正一品大员），衍圣公府也一再被奉旨增修，形成占地16万平方米，有厅房463间，由官衙与住宅结合的庞大建筑群。自46代至76代，孔子的嫡系子孙一直居住此地，历时880多年。

孔府前部是衍圣公的官衙。进入大门，穿越二门，在庭院中间有座不接墙垣、风格独特的屏门，因悬有明世宗（嘉靖帝）"恩赐重光"的匾额，故名"重光门"。此门终日关闭，只在帝王驾到或迎接圣旨时才在礼炮声中徐徐开启。这是孔府特有的一座建筑。

重光门之北便是历代衍圣公接圣旨、举行重大典礼的大堂。堂内悬挂金黄幔帐，帐下是红漆公案，案头放置公府大印、文房四宝，两旁陈设衍圣公全副仪仗，但这些都非原物，仿制粗劣，比演戏的道具还差劲，多少影响庄严肃穆的气氛。官衙后面是内宅，全是明清风格的青砖建筑，

大成殿 龙柱

大成殿前 二龙戏珠石陛

孔府 戒贪图

并无特色。内宅门口立着一座木制屏风，画有一头形似麒麟的怪兽"犭贪"，犭贪乃贪婪之兽，寓有警诫意，这倒是别处没有的。

孔林亦称"至圣林"，是孔子及其后代专用的墓地。史载："孔子葬鲁城北泗上""墓而不坟，地不足顷。"经历朝不断拓展，孔林至明清已成为占地两平方公里，围墙周长七公里多的大型墓园，面积比曲阜城还大。孔林内乔木葱茏，遮天蔽日，千年古树就有两万余株，树下墓冢累累，碑碣片片，不下十万余坟。

进入孔林大门至圣林，走完桧柏夹道的四百米神道，便是孔林二门观楼。穿越二门，过了著名的洙水桥，有座

孔府后花园 铁山园

孔子陵

享殿，殿右红墙小院内，便是孔子和其子孔鲤、孙孔伋的陵寝。孔子之墓先后两次被掘，一次是秦始皇焚书坑儒时，一次是"文化大革命"期间。

伫立孔子墓前，沉入深深的哀思，"回留之不能去"（司马迁语）。

孔子被奉上圣台，享有无尚的尊崇，并惠及子孙，这是他生前万万想不到的；由于董仲舒而背上维护封建统治的黑锅，屡受批判，这也是他生前万万想不到的。

"蚍蜉撼树谈何易"，孔子是永远打不倒的。他提倡的"仁爱""孝悌""忠信""礼治""德政"的思想已经成为中华民族精神文化的内核和中华儿女团结凝聚的基石。

大哉孔子！

——原文载于《相机世界》259 期

趵突泉畔之泺源堂

千佛山 · 大明湖 · 趵突泉

　　幼时读刘鹗的《老残游记》，十分向往"家家泉水、户户垂杨"的济南，千佛山、大明湖、趵突泉的名字深深印入脑海。

　　隔了近半个世纪，我终于来到济南，自然将《老残游记》中的描写来印证眼前之景。实在不能不佩服刘鹗文字的清丽雅驯，也实在不能原谅他严重的夸张失实。

　　刘鹗笔下的千佛山："山上梵宇僧楼，与那苍松翠柏，高下相间，红的火红，白的雪白，青的靛青，绿的碧绿，更有那一株半株丹枫夹在里面，仿佛宋人赵千里的一幅大画，做了一架数十里的屏风。"

　　而我们眼里的千佛山，既不高峻，也不秀丽。山上树木品类不多，即使霜露渲染，色彩也绝不会那么绚烂。山

不再喷涌的趵突泉

间隋唐镌刻的石佛，多半毁于"文化大革命"期间，令人扼腕。登山道旁新塑的十八罗汉坐像，古拙浑朴，似出高手。

刘鹗笔下的大明湖："那明湖已澄净得同镜子一般。那千佛山的倒影映在湖里，显得明明白白。那楼台树木格外光彩，觉得比上头的一个千佛山还要好看，还要清楚。这湖的南岸，却有一层芦苇，密密遮住。现在正是着花的时候，一片白花映着带水汽的斜阳，好似一条粉红绒毡，做了上下两个山的垫子，实在奇绝。"

我们来到大明湖畔，果然湖面澄净得同镜子一般，可怎么也见不到千佛山的倒影，便是山的真身也失了踪。待登上元代始建的北极阁，向南远眺，才望见天际横亘一条灰青色的土坎，那便是千佛山。山既不高（才二百多米），

金线泉

卧牛泉

相距又远（隔了五千米），湖水映山，完全出于刘鹗奇绝的想象。因不当时令，湖面既无芦花亦无荷花。环湖长条拂水，柳枝上悬挂各色彩伞。这种时髦的装置艺术，是刘鹗未曾见识也想象不出的。

刘鹗笔下的趵突泉："乃济南府七十二泉中第一个泉，在大池之中，有四五亩宽阔，两头均通溪河。池中流水，汩汩有声。池子正中间有三股大泉，从池底冒出，翻上水面有二三尺高，均比吊桶还粗。"

这次，刘鹗除夸大泉池面积外，参照北魏郦道元和近代老舍之言，其余描述大致还是可信的。（郦道元："泉水上奋，水涌若轮。"老舍："三个大泉，一年四季，昼夜不停，老是翻滚，永远那么纯洁，永远那么活泼，永远那么鲜明。"）

趵突泉与附近的"金钱""柳絮""皇华""漱玉""洗钵""卧牛""马跑"……诸泉形成一个泉群，现已辟为古典园林公园，保存"泺源堂""观澜亭"等古迹，新建仿宋样"李清照纪念堂"，全园以泉为主，以水为脉，曲径回廊，翠柳幽篁，饶有江南风韵。可惜近年城乡采水过量，地下水位急降，黄河多次断流，趵突泉已不复喷涌，其余各泉均少水浑浊，唯有漱玉泉依然清且涟漪，莫非天公亦独钟爱"易安居士"乎？

"叶叶心心，舒卷有余情" 李清照词句

按："易安居士"为宋代女词人李清照之号。传说李清照曾在漱玉泉梳洗打扮。

——原文载于《相机世界》260期

渡

销魂荡魄漓江行

　　桂林、漓江山水之美，唐宋以来骚人墨客叠口交誉，
留下诗文无数。

重山复水

　　"几程漓水曲，万点桂山尖"，那是直叙；"峰峰有异态，朵朵青芙蓉"，便多了份想象；"江作青罗带，山如碧玉簪"，韩愈以美人之服饰作比喻，自属高出一着，故最为人称道。

青山浮绿

家在图画中

　　笔者直觉漓江两岸座座青山犹似临镜晓妆的少女，回眸一笑，风情万种，叫人销魂荡魄！

——原文载于《相机世界》229期

静必居

汾阳别墅

　　杭州西湖之畔过去有许多庄子（私人花园别墅），如刘庄、蒋庄、汪庄、高庄、杨庄、郭庄等，有的依山，有的面水，亭台交错，楼阁掩映，共同点是借景湖山。如今，这些庄子有的改成酒店，有的变为疗养院。日常游客可以涉足的只有郭庄。

　　郭庄原名宋庄，为清末大丝绸商宋端甫所建，取名"端友别墅"，后归郭氏，称郭庄，因唐代郭子仪被封为"汾阳郡王"，故取名"汾阳别墅"。它位于杨公堤卧龙桥北，西湖的西岸，选址极好。进入大门，先至"静必居"，后入"一镜天开"。

　　静必居系当年主人的居家、宴客之处，是座有浙江特色的

浣池

雷峰塔

镜池

镜池

四合院，院内用石板铺地，院中有个方池，池水清澈，游鱼可数。

一镜天开是园林，也是精华所在，有南、北两池。南池（浣池）用湖石为坎，配以假山、古树、花草，十分雅致。北池（镜池）则用条石围成一个方池，池面如镜，蓝天白云，楼阁画廊均倒映水中，取得"一镜天开"的效果。

汾阳别墅的造园者善于借景，东临西湖，用墙垣分隔，墙有漏窗，似隔非隔。

浣池与西湖有小溪互通，溪上有座用湖石叠成的小桥，是桥非桥，站在桥上，桥外湖水浩淼，桥内溪水委婉，这是海内的孤例。

汾阳别墅，旅行团不安排，本地的游客也不多，虽处西湖边，却远离喧嚣，独得清幽，这是我们常被勾留的原因。

园林专家陈从周教授（他是我的远亲和忘年交，亦师亦友）对汾阳别墅的评价极高，说"园外有湖（西湖），湖外有堤（苏堤），堤外有山（夕照山），山上有塔（雷峰塔），唯西湖之汾阳别墅得之"；又说"不游郭庄（汾阳别墅），等于未到西湖"。他说得真好，说出我虽有感受却不会说的话。

汾阳别墅

登双岳 · 访两京

2017 年 9 月 15 日至 19 日，我参加香港永安旅行社举办的"中原五日之旅"。

(D1) 第一日，9 月 15 日星期五，香港—郑州—登封，晴。

10:20 至机场集合，全团 33 位团友，领队梁小姐。搭乘港龙航空 KA744 航班，原定 14:05 起飞去郑州，结果晚了 75 分钟。这次原因不是"空中管制"，而是"机件故障"。16:13 抵达新建的郑州新郑机场，很大，可是航班不多。

此次不游郑州，当地导游张小姐带大家上旅游巴士直奔中岳嵩山南麓的登封市，车行一个半小时。到达后先用豫菜风味晚餐，再入住五星级中州华鼎饭店。

(D2) 第二日，9 月 16 日星期六，登封—洛阳，阴转多云。

早餐后乘坐环保小巴游览少林寺的塔林，塔林有唐至现代的佛塔 248 座，被称为"古塔博物馆"。

我只顾拍摄，与大队失散，只好独自去少林寺。该寺初建于北魏太和十九年（公元 495 年），是佛教禅宗和少林武功的发源地，有"天下第一名刹"美誉。但该寺在 20 世纪 20 年代被军阀焚毁，所有建筑都是近年重建的。

我未去观赏少林武术表演，直接去停车场，找到我们

洛阳龙门卢舍那佛

的司机。不久听到广播找人，找的就是我。我请司机用手机告知导游，报了平安。

我坐在停车场边的树荫下休息，清风拂面，十分舒适。团友们一个半小时看完武术表演，陆续返来，登车同去永泰寺。该寺建于公元 521 年，是嵩山唯一的女僧（尼）寺院，因魏孝明帝之妹永泰公主曾在该寺为尼，故名"永泰寺"。虽然建筑都是原址重建的，仍被评为"全国重点文物保护单位"。

经过一个半小时车程，我们到达洛阳。洛阳是我国八大古都之一，自公元前 770 年周平王迁都洛邑以来，先后有 19 个朝代在此建都。现在的洛阳已发展成十分现代化的大都会。

17:30 导游张小姐带大家参观在隋唐遗址上新建的武周时期的"明堂"和"天堂"。这是典型的假古迹，内部灯火灿烂，金碧辉煌。其中的博物馆展品相当丰富，但都缺乏考据，也是假古董。

在一家百年老店享用所谓的"牡丹燕菜风味餐"。"牡丹燕菜"是用萝卜经过特殊烹调，假充燕窝，据说创于武则天时期，其味又酸又辣，我不欣赏。

（D3）第三日，9 月 17 日，星期日，洛阳—华山，多云转晴。

早上 8:30 出发去龙门石窟。这是我国第一批全国重点文物保护单位，2000 年又被联合国教科文组织评为"世界文化遗产"。石窟最早开凿于北魏太和十七年（公元 493年），以后的历朝历代均有开凿，以武周时期的规模最大。现存窟龛 2300 多个，佛塔近 80 座，碑刻 2800 余块，造像近十万尊,是我国三大佛窟之一。最著名的洞窟是奉先寺,供奉高 17 米的卢舍那佛,据说是按武则天的面容雕刻的,确实端庄俊美,堪称我国古代雕像的瑰宝。

在一家礼品店,我买了一具高仿的唐三彩"载人骆驼",十分精美。

在石窟景区内一家豪华餐厅用完午餐后,大家乘车返回洛阳市区,游览丽景门。这是武周时期皇城的正门,毁于解放战争时的炮火,2002 年在原址上重建。重建的丽景门质量很差,不到 15 年已油漆斑驳,梁柱朽烂,有一种沧桑感。

离了丽景门,便至洛阳火车站,16:49 乘高铁去华山。新建的车站极大,但从二楼的候车室去底层的平台却没有电梯或自动扶梯,乘客得自携行李上下四五十级楼梯,老弱病残者只能望之兴叹。我本有大小两件行李,今日又买了装在一个木箱内又大又沉的唐三彩,幸得团友相助才上了车。洛阳至华山北站,中间只停三门峡市一个站,17:50 就到了。陕西的导游李先生是位中年男子,待人热情,带着大家入住号称四星级的华山客栈,是个名符其实的"客栈"。

(D4) **第四日,9 月 18 日星期一,华山—临潼—西安,晴。**

早上 8:30 乘车去华山,半小时后已抵达华山脚下。华山是我国"五岳"的"西岳","五岳"中它最高(南峰"落雁峰"高 2155 米),也最雄奇。古籍《山海经》记载:"太华之山,削成而四方,其高五千仞,其广十里……远而望之,又若花状(古代"花""华"是同一字)。"华山有五峰,自古只有路一条(现已建有缆车),凡游东、西、南、中诸峰,必先至北峰。这次我们只游北峰一处。

旅游巴士只能送我们至山麓，要换坐景区的环保车盘旋上山，到了半山的缆车站再乘缆车上北峰，只需花十分钟。出缆车站，再行近千级石阶，便到北峰之巅（高1615米）。限于时间和脚力，一些较惊险处，我们均未登临。在华山的二百多个景点中，我们见到的只有几个，已叹为观止了。说"黄山归来不看岳"的人，也许根本没有到过华山。

11:30大家乘坐缆车、环保车返旅游巴士停车处，再乘坐旅游巴士返回华山景苑酒店用午餐，这新建的酒店也许真的可以被评为四星，但饭菜不见佳。

饭后上车去临潼骊山脚下的秦始皇陵。秦始皇陵建于公元前246—前208年，历时长达38年，至秦始皇死时尚未竣工。秦始皇陵占地约56平方公里，规模之大，为我国历代帝王陵墓之首。陵墓形成一个山丘，放置秦始皇棺椁的地宫，至今尚未被挖掘。1977年，当地居民挖水井时无意中发现了它的兵马俑坑，震惊了全球。现已发现的兵马俑坑有三个：最初被发现的一号坑出土的陶俑超过一千尊，以步兵俑为主，还有弩兵俑、车兵俑等，均排列成行。二号坑只试掘部分，估计比一号坑更大。三号坑规模最小，已全部发掘完成，发现了两具铜马车，出土时破损严重，经过八年的努力，已成功修复。铜马车体积约为真马车的一半，拉车的是四匹骏马，马车饰有大量金银构件，被誉为"举世无双的古代青铜器"。在兵马俑博物馆，我们只是走马观花，但也足足花了三个小时。

17:30乘车赴西安市区。西安市区比洛阳市区大，更整齐、更有气派。大家先去西安歌舞剧院边享用饺子宴边看仿唐歌舞表演。饺子宴品种花式极多，口味则一般，偏咸。

秦始皇陵兵马俑将军

玄奘像与大雁塔

歌舞表演也没想象那么好。这是自费项目，每人盛惠 280 元人民币。

入住五星级的天朗森柏大酒店。

(D5) **第五日，9 月 19 日星期二，西安—香港，晴。**

早上 8:30 离开酒店，9:00 抵达大雁塔文化广场。大雁塔耸立于慈恩寺内，未能登临。慈恩寺建于隋代，原名"无漏寺"，唐贞观二十二年（公元 648 年）扩建后更名"大慈恩寺"，借给从印度取经归来的玄奘法师入住。玄奘在大雁塔内 15 年，将梵文经卷译成中文。大雁塔是楼阁式方形砖塔，原高 5 层，武周时期增建至 10 层，现存 7 层，高 64 米。塔内存放有著名书法家褚遂良书写的碑两块：一是由唐太宗撰文的《大唐三藏圣教序》，一是由唐高宗撰文的《大唐三藏圣教序记》，具有很高的历史文化价值。

11:00 离大雁塔，至钟鼓楼广场的"回民一条街"，自费品尝特色小吃。我请领队、导游一起食著名的羊肉汤包，价廉物美，却被领队抢去付钞。

13:30 乘车至西安国际机场，搭乘港龙 KA743 航班。15:50 起飞，19:00 返香港赤鱲角机场，结束了"中原五日行"。

五日内登临两岳（中岳泰山、西岳华山），访问两京（洛阳、西安），瞻仰秦始皇陵，行程紧凑，节目丰富。33 位团友中有银行经理、报馆记者、公务员、大学生、小业主、家庭主妇和退休人士，民官贵贱均有，彼此友爱团结。我是 33 人中最年长者，获得大家热情的照顾。

—— 根据日记整理

毕棚沟

川西行

　　对于四川西部米亚罗、四姑娘山、亚丁、稻城一带神奇雄伟的景色，我一直十分向往。由于那里的海拔高，空气稀薄，山势峻险，道路崎岖，我不敢一人独往。2019 年 10 月 18 日至 25 日，四位影友叶自奋、许泳钊、李绛其、顾群愿意陪我同游，才得以遂愿。

(D1) 第一日，10月18日星期五，香港—成都—理县，晴。

　　我们参加"博览行"举办的旅游团，8:30 在赤鱲角机场集合，全团 16 人，领队蔡小姐（她 50 多岁，大家称她"蔡姐"），搭乘中国国际航空 CA412 航班直飞成都，飞机 11:00 起飞，13:55 降落成都双流机场，由当地导游小青（"青"是罕见的姓）接机。

　　大家乘坐旅游巴士沿岷江西行，18:00 抵达重建的汶川县。2008 年的八级大地震已毁了原先整个汶川县，死者数万人，伤者不计其数。我们没有在汶川停留，继续前行。19:10 到了阿坝藏族羌族自治州的理县，入住吉祥谷酒店，在酒店用晚餐。

(D2) 第二日，10月19日星期六，理县—毕棚沟—马尔康，晴。

　　8:30 出发，9:15 到达毕棚沟米亚罗风景区。景区面积达 3700 平方公里，是我国最大的红叶风景区。那里有原始森林、高山湖泊、雪山飞瀑，构成一幅幅醉人的图画。我们乘坐景区的环保车，游览了龙王海、磐羊谷、白龙飞瀑几个景点。可是，景区的女主人"红叶"深藏闺中，未出来接待。据说大地震后，地貌改变，只有在深山里才有红叶了，缘悭一面。

　　13:30 在景区的餐厅用午餐。15:00 乘旅游巴士去自治州首府马尔康，18:00 抵达，入住晶金隆酒店，亦在酒店用晚餐。

毕棚沟

毕棚沟瀑布

毕棚沟雪山飞瀑

树挂（四姑娘山）

D3 第三日，10 月 20 日星期日，马尔康—四姑娘山，上午晴，下午阴。

7:30 出发，9:00 抵梦笔山口（海拔 4114 米）。当年红军长征时曾过此地，此处被称为"雪山红路"，建有一块碑、一组铜像和一个小小的陈列室。

李白诗云："蜀道之难，难于上青天。"果然，阿坝州多山，山体多为石灰岩碎石，常滑坡塌方。州公路局长年雇佣大批民工修路，公路似乎永远也修不好。修路时要封路，从马尔康到四姑娘山不足 150 公里，我们的车足足走了 7 个小时，14:40 才到达四姑娘山宾馆餐厅用午餐。由于我们必须在15:30 前到达四姑娘山风景区，不然就会落闸，

树挂（四姑娘山）

因此尽量赶时间，结果仍然迟到 20 分钟，幸而景区愿通融放行。

四姑娘山风景区是邛崃山脉的一段，面积 600 平方公里，共有 200 多个山峰，超过海拔 5000 米的就有 60 多座，其中四座相连的最为挺拔俊秀，叫"四姑娘山"，整个景区便以"四姑娘山风景区"命名。从大姐峰到四妹峰依次长高，四妹峰海拔 6250 米，是四川第二高峰，有"蜀山王后"美称。我们坐环保车游览了红杉林、布达拉峰、四姑娘措（措，藏语湖泊）、隆珠措。凡是毕棚沟风景区有的景观，四姑娘山景区都有，而且更美。可惜天气阴霾，不利摄影。

我们作为最后一批游客，18:10 与"四姑娘"告别。19:30 入住圣地映像酒店，在酒店用晚餐。

水中虬龙（四姑娘山）

甲居藏寨

D4 第四日，10 月 21 日星期一，四姑娘山—新都桥，阴雨转多云又转雨。

藏寨碉楼（四川丹巴）

　　原计划 6:00 出发去猫鼻梁拍四姑娘山晨曦，雨天，领队建议取消，但团友们都反对，坚持要去窥看"四姑娘"的晨浴，唯我一人留在酒店。7:30 大伙归来，均很失望，因为山中下大雪，白茫茫一片，根本没有见到"四姑娘"。

　　早餐后，8:30 出发去甘孜藏族自治州丹巴县被称为中国最美村寨的甲居藏寨，11:15 抵达，雨霁。那里不仅景美，红白相间的寨屋点缀在绿树之中，春季花期更美，而且人也美。当地为嘉绒藏族居住地，内地一些歌舞团都在那里招募团员。在朋友们的鼓励下，我第一次勇敢地穿着藏袍留影。

塔公寺前小僧人（四川丹巴）

长青春科尔寺（理塘）

午餐后又下起了雨，我们冒雨出发，17:30 至塔公寺。该寺是西藏佛教花派（萨迦派）的圣地，初建于公元 640 年文成公主入藏时，后来不断扩建，近年重修，搞得金碧辉煌。

　　18:30 抵达康定县新都桥镇，入住印象雅致酒店，在酒店晚餐。

(D5) 第五日，10 月 22 日星期二，新都桥—理塘—日瓦，雨转雪。

　　7:30 出发，游览新都桥，那是紧靠从上海到西藏日喀则的 318 国道的小镇，十多年前我曾来过。当年国道两旁有合抱不交的大树，树后有广阔的牧场，牛、马、羊在悠闲地食草，远处山峦连绵，藏寨分布在绿树丛中，这里的光线多变化，常出现"耶稣光"，被誉为"摄影天堂"。如今大树被砍光了，此地变成密密麻麻的楼房，下为店铺、食肆，上为客舍、住家，完全挡住了视线。下着雨，没有阳光和云彩，而且今年冬天来得早，黄叶全已凋尽，我便懒得下车拍摄。

　　离了新都桥，旅游巴士上了贡嘎山，雨已变成雪，群山已换了银色冬装。13:30 抵达海拔 4718 米的卡子拉山口，这是我们此次旅游到达的最高处。14:00 到达理塘县用午餐，火锅加蛋炒饭，饭用的是东北大米，令我胃口大开，补足了前几天的少食。

　　15:15 至建于公元 1580 年的长青春科尔寺，寺有三座黄、白、红色的大殿，不像塔公寺那般俗气。

　　15:45 离开西行的 318 国道，转入南行的川滇公路。17:30 抵达海子山。青藏高原远古时期都在海底，后来地壳

大雪压青松（卡子拉山）

冲古寺（亚丁）

隆起成了高原。海拔 4500 米的海子山，有 1000 多个大小不一的"海子"（藏语"海子"也就是湖泊）。天公作美，夕阳竟拨开乌云的帷幕，海子山露出它的脸庞，大家均拍摄满意。

16:00 告别海子山，18:00 抵达稻城县日瓦镇（已改名"香格里拉镇"。云南有个"香格里拉县"。两处同名，不知为何对美国作家小说中虚构的地名如此感兴趣），入住号称五星级的日松贡布酒店，在酒店用丰盛的自助晚餐。

（D6）**第六日，10 月 23 日星期三，日瓦—亚丁，多云。**

7:30 出发前往亚丁风景区，风景区面积达 7300 平方公里，比毕棚沟米亚罗风景区大一倍还多。这里原是一方从未被惊动过的净土，有不少千姿百态的高峰，其中品字状排列的仙乃日峰、夏诺多吉峰和央迈勇峰被称为"三座神山"。由于山地落差巨大，有不同植物带分布其间，与皑皑的雪峰交相辉映。

景区 8:30 开门，我们 8:20 到达时，门口已有一条数百人的长龙。进入景区要先乘大环保车至亚丁村。再改乘小环保车至扎灌崩站下车。我们今晚便入住附近的藏亚酒店。放下行李，我们步行上山，40 分钟后到达冲古寺综合服务站，再换乘更小的环保车到终点站洛绒牛场（海拔 4180 米）。蔡姐陪我在那里拍照、休息和用简便午餐，其他团友都向海拔 4720 米的牛奶海进发（后来知道并无一人到达）。洛绒牛场是观赏仙乃日神山（海拔 6032 米）最好的地方，可以见她身着不同树种织成的彩裙，不时更换白云

冲古寺（亚丁）

制作的后冠。亚丁日间温差很大，清晨接近0℃，中午会升至18℃～20℃。我坐在长凳上，清风拂面，凉而不寒，十分舒适，面对广阔的牧场和高耸的雪山，心旷神怡。"美色醉人"是我实际的感受，若非蔡姐提醒，我真的会醉入梦乡。14:30蔡姐陪我沿栈道下山，行行息息，16:30才返回酒店。

18:45团友们陆续归来，在酒店用晚餐。饭后有几位团友上酒店屋顶平台拍摄星空。

(D7) **第七日，10月24日星期四，亚丁—稻城，多云。**

7:00出发，重行昨日的路到洛绒牛场，蔡姐陪我在冲古寺留下。我们没有入寺随喜，而是去了侧边的冲古草甸，草甸有条曲曲弯弯的小溪，溪水清澈，倒映仙乃日神山。上下两座神山，似乎水中的更清晰、更美。

12:00返回酒店用午餐，饭后出景区还得排一个多小时的长龙。告别了亚丁，我们去稻城。途经两个景点：青杨林和红草地。青杨林是人工种植的杨树林，占地10万亩，排列成行，极有气势，可惜现已深秋，树叶已凋尽，都成了光杆。红草地规模不大，草也不红，由于缺水半年，草已枯焦，不及辽宁盘锦的红草地多矣。

18:00到达稻城，入住阳光温泉酒店，在酒店晚餐，一人一火锅，品多量丰，大家认为这个"最后的晚餐"是此行最好的一餐。

D8 **第八日，10 月 25 日星期五，稻城（雨）—亚丁（雪）—成都（阴）—深圳（晴）—香港（晴）。**

凌晨 5:30 冒着大雪去亚丁机场。这个新建的机场海拔 4411 米，是世界上最高的民用机场。由于跑道结冰，飞机不能升降，我们搭乘的 CA4216 航班原定 8:20 起飞，结果延迟至 15:00，足足晚了六个半小时。到了成都，已赶不上飞往香港的航班（此航班是所有航空公司往香港的最后一班）。蔡姐竭力与中国国际航空公司商议，结果大家改搭 17:30 由成都飞深圳的 CA4389 航班，这样就可以当晚返香港（不少团友次日都要上班）。19:00 飞机降落深圳宝安国际机场。出了机场，叶兄、许兄、李小姐和我四人（顾小姐住元朗不同路）乘坐过境巴士返回香港，23:00 我平安回家。

川西八日游，我非常满意，那里风光之美是我前所未见的，从中获得了一次极大的视觉享受。

大概到高山地区旅游的八旬老翁屈指可数，因此游客们询问我年龄后，都抢着要和我一起合影，我成了供人观赏的"老怪物"，这是始料未及的。

——根据日记整理

Dazu

著名的牧鹅少女

大足石刻

　　大足石刻在重庆市大足县，分布 75 处，造像共 5 万余尊。始凿于唐高宗永徽元年（公元 650 年），历经晚唐、五代，盛于两宋，绵延至明清，上下近千年。由于隐藏在深林僻壤，久久不被人识，直至 20 世纪 30 年代才被一名法国传教士重新发现，引起轰动。大足石刻与云岗石窟、龙门石窟代表了我国古代石刻的最高艺术水平，20 世纪 60 年代被国务院定为"全国重点文物保护单位"，1999 年 12 月又被联合国教科文组织列入《世界遗产名录》。

卧佛

虔诚

供奉

这个位于我国西南部四川盆地的大足石刻，由于开凿时间稍晚，因此与北方的云岗、龙门石窟有许多不同。

一、民族化。佛像不再是西方（印度、尼泊尔）造型，加入了中国元素，其面容、身材、服饰更像中国人。多数佛教都用彩绘甚至还贴上金箔，显得十分华丽，与北方佛像古朴庄重的风格完全不同。

二、生活化。佛像不再高高在上，而是生活在人间，充分表现了"神的人化"和"人的神化"。

三、通俗化。往往用一组一组的雕像，像连环画一样表现佛经故事，使人更容易了解佛教。

观音大士

四、兼容并蓄。大足石刻虽以佛教造像为主，但也有释道两教的造像，并且有两教合龛和三教合龛的，宣传与人为善、尊老爱幼、孝顺父母等中国传统美德，使人更容易接受佛教。

大足石刻以宝顶山、北山、南山、石门山、石篆山五处最具规模、最有价值，石刻艺术水平最高。

2019 年 5 月 11 日下午，我们来到大足，因为只有短短两个小时，仅能参观宝顶山石刻，见到最宏伟、最精美的卧佛和千手观音，它们都是宋代的作品。

卧佛全长 31 米，释迦佛右侧卧，头北脚南，面西背东，膝以下没入南崖之中。卧佛脸形丰满，双目微闭，神态安详，堪称杰作。

千手观音像高 3 米，有 1007 只手，手心有眼，手势各异，参差错落，状如孔雀展屏。观音是贴金的，金碧辉煌，令人叹为观止。

限于时间，对其他佛龛，我未能仔细观赏。

这次观赏的大足石刻不到总数的百分之一，给我的印象却是震撼性的，若有机会，一定会再来参拜。

护法金刚

亚非探胜

奈良东大寺南大门

日本两故都

　　奈良、京都是日本的两个故都。

　　古时的日本非常敬仰中国，事事"以华为师"，史籍、公文也全使用汉字。到我国唐代，日本接受倭奴国王的册封后，更常派使者朝贡，选拔才子留学，并礼聘中国学者赴日本讲学，高僧去传播佛教，工匠去规划建城、建佛寺。

　　奈良原名"平城京"，是受我国唐代长安、洛阳影响，在公元 710 年建成的日本的第一个首都。公元 784 年日本迁都京都后，奈良失去了政治地位，皇宫、贵族的府邸都消失了，都市渐渐萎缩，现在仅仅在南部的旧城区尚留下一些昔日的痕迹。不过，一些古刹被完整地保存了下来。奈良是日

东大寺

本重要的文化名城。

东大寺全名"金光明四天王护国之寺",初建于公元743 年。大殿叫"金堂",曾被大火焚毁,现存的是公元1706 年重建的,规模只有原先的三分之二,但仍是世界上最大的木建筑;若把北京故宫的太和殿放在其内,尚绰绰有余。殿内有尊铜铸的毗卢大佛,高 16.2 米,重 500 吨,建于 8 世纪,是世界最大的青铜佛像(这个纪录已被中国今年多尊新铸的大佛打破)。

东大寺的南大门建于公元 1199 年,有 18 根巨大的立柱和精美的屋顶,门的内侧立着巨大的木制雕像"仁王"。东大寺的大殿、大佛、南大门都是日本的国宝。

东大寺西北角的正仓院是日本皇室储存宝藏的地方(内有不少我国唐代回赠日本的稀世珍品),建于公元 751 年,不对外开放,每年 11 月奈良博物馆会举行一年一度的"正仓院展",展出部分藏品。

法隆寺是日本佛教的发源地,建于公元 607 年,其大

春日大社（日本奈良）｜2001 年

殿是世界上现存最古老的木建筑。它的五重塔（自上至下，代表天、风、木、水、地）也是日本同类建筑中最古老的。五重塔传承中国佛塔的传统，并吸取印度佛塔的精华，形成了日本自己独特的风格。

春日大社初建于公元 710 年，是日本最大、最著名的神道教神社。它经过多次重建（按神道教的传统，神社每隔 20 年就要拆卸重建），其特点是灯笼特多，数量超过三千，一些石灯笼比人还高。

唐招提寺是公元 759 年由我国赴日的鉴真大师监制的，规模虽不很大，但完整地保留了我国唐代寺院的风貌。以金堂为中心，周边有讲堂、藏经库、鼓楼、钟楼，布局精巧，既不密集，又不疏离。唐招提寺已被联合国教科文组织评为世界文化遗产。

奈良公园占地 1300 亩，园内林木茂盛，饲养了 1000

清水寺 平台

清水寺 山门

真如堂三重塔（日本京都）｜ 2001 年

● 屐痕 ｜ 亚非探胜 ｜

多头日本鹿，故又叫"鹿公园"。这些鹿十分亲人，游客可购买特制的饼喂食。

京都三面环山，一面临水，山川林木之美远胜奈良，这也许便是日本皇室决定迁都的原因。它建于公元 794 年，古称"平安京"，别称"洛阳"，又称"京洛"，公元 988 年才改名"京都"，并一直沿用至今。从公元 794 年至公元 1868 年的 1000 多年，京都一直是日本国都，它亦是受我国唐代长安城、洛阳城影响建造的，基本格局至今未变，街道纵横有序，在京都你不会有迷路的问题。日本后来把京都比作我国的洛阳，因此分为洛中、洛东、洛南、洛西、洛北五个区。

京都人口 150 万，是日本第五大都会和最主要的文化中心。古迹之多，为日本第一。现存一个宫殿，两所皇家园林，1000 多间佛寺，400 多个神社，其中已被联合国教科文组织评为"世界文化遗产"的就超过 17 个，为世界各城市之冠。每年从日本各地和世界各国到访京都的游客，1996 年就超过 3600 万人！

清水寺位于洛东东山连峰、音羽山的绝壁。公元 778 年建成，比京都还早 16 年。公元 1633 年德川家康在本堂外，用 139 根巨木搭建一个悬空 15 米的大平台，全部采用榫卯结构，未用一根铁钉，虽经多次大地震而丝毫无损。站在大平台上，你可以眺望京都全城。平台之下尽是枫林，深秋时分便成了一片红色的海洋。这个大平台被称为"清水之舞台"。

同年建造的三重塔，朱红色的门和梁，配上绿色的壁，鲜艳夺目，亦是日本国宝。清水寺还有一件国宝是一座 11 面的千手观音像，不开放给人参观。

金阁寺（日本京都）| 2001 年

京都银阁寺

　　金阁寺在洛西的北山，原是西园寺公爵的别墅，叫北山殿。公元 1397 年大将军足利义满将职位让于其子义持，自己在此退隐后，便大肆改建，造了一个楼高三层，外墙贴金箔的"金阁"。金阁前有一大池叫镜湖，它的倒影一直留在湖上。1950 年一场无名大火把金阁全部烧毁，仅花了五年时间在原地按原样重建，依然金碧辉煌。公元 1412 年足利义满逝世，其子义持按其父遗愿将原先的北山殿改成佛寺，取名鹿苑寺，但民众一直叫它金阁寺。

　　银阁寺在洛东的东山如意岳下，是足利义满之孙义政在公元 1489 年建的别墅。义政死后也将它改为佛寺，叫慈照寺。 义政的别墅原本想学祖父的样，将主要的楼阁贴满银箔，来个"金阁""银阁"西东辉映。由于发生了"应仁之乱"，财政困难，"银阁"未贴银箔，木质蒙上岁月，变成黑色，这样反而有一种古朴优雅的情趣。"金阁"，"银阁"，我更爱后者。

　　南禅寺亦在东山，寺院幽深，松林茂密，原是皇室一座离宫，建于公元 1264 年。1291 年龟山法皇（太上皇称"法皇"）把它改成佛寺，并作为禅宗的中心。经过三次火灾，13 世纪的原建筑不复存在，现有的是 16 世纪改建的，其中的方丈佛殿和三门都被列为日本国宝。

方丈佛殿（清凉殿）回廊外有个方丈庭园，是典型的枯山水庭园，白砂上的细纹刻意做成波浪状，乍看确有海水的感觉，白砂上安放的大小石块又恰似海中的岛屿。枯山水庭园是日本的创造。

"三门"一大两小，中间大门几根又高又粗的木柱摄人心魂，两旁的小门实为虚设，并无通道，十分别致。

从银阁寺往南至南禅寺有条小溪，溪边有条小径，两边种植樱花树，是观赏东山景色最佳处。这条小径便是著名的"哲学之路"，因京都大学哲学教授西田几多郎（公元 1870—1945 年）常到此散步、思考问题而得名。许多到京都的游客会来此散步。

祇园指东山西侧、高濑川东岸，四条通南北的街，这是艺伎们的领地。艺伎是日本特有的女艺人，最早出现在 17 世纪。艺伎有特殊的化妆、服饰，她们不仅要能歌善舞，还要知书识礼，举止优雅，谈吐机敏，并绝对要遵守替客人保密的规矩。艺伎要从小接受严格的训练，到十五六岁可以"舞子"（艺伎学徒）身份见客。再经过几年锻炼，才能真正成为艺伎（据说如今已不满百人）。艺伎仅会留在专门为达官贵人、殷商巨富服务的料亭（餐厅）、茶亭（茶室），只有每年 7 月的祇园祭时才会出现在公众面前。

岚山在洛西，山高 382 米，其山川林木之美冠绝京都，还有许多古刹，因此到京都的游客，没有不去岚山的。流经岚山山脚的河叫大堰川，跨在其上的有条渡月桥，长长的桥面贴近河水，仿佛是大堰川的一条腰带。每年 11 月第二个周日是"岚山红叶祭"，届时桥上人潮汹涌，胜于桥下的流水。

天龙寺位于岚山之下，建于公元 1339 年，是岚山地区最大的佛寺。寺内、寺外均是赏枫、观花的胜地。寺内亦有个方丈庭园，是座以曹源池为中心，岚山、龟山为背景的回廊式庭园，也是京都的名园之一。天龙寺也被联合国教科文组织评为世界文化遗产。

桂离宫是京都的皇家园林，参观者必须在数周前用书面向宫内厅申请获得批准，因此我们无缘涉足。

我爱日本这两个故都——奈良和京都，因为它们很好地保存了我国唐代的都市布局、建筑和珍贵文物。它们是观之不足、百看不厌的。我已到访数次，以 2003 年秋与四位影友（两位已故，令人惋惜）结伴，以"自由行"方式，花 9 天时间拍摄红叶那次最为欢畅。若有可能，我还想拄杖重游。

岚山 渡月桥

岚山 大堰河

Hokuriku & Kansai
JAPAN

永平禅寺

北陆与关西

　　驿马星动，去年圣诞去印度，今年 1 月去埃及，3 月
25 日至 28 日为香港复活节长假，不想浪费假期，便与内
子同往日本。

　　这是我们第三次踏足日本的土地，第一次是 1999 年 3
月游览九州，第二次是 2001 年 11 月观赏京都、奈良的红叶，
这次是参加"纵横游"旅行社举办的"北陆、关西四天游"。

　　北陆是日本的地理名称，指本州西北部面临日本海的
富士、石川、福井三县（日本行政编制分一都——东京，
一道——北海道，二府——京都、大阪和 43 个县，市隶属
于县），从前是前田家族"三藩"的领地（"加贺藩"管
治现石川县，"大圣藩"管治现福井县，"富士藩"管治
现富士县），曾经是日本最富庶的地区。这次我们到了福井、

石川两县。关西亦是日本的地理名称，有广义、狭义之分（古代多用广义，现代多用狭义），广义指本州富士山以西，包括名古屋、岐阜在内的广大地区；狭义仅指京都、奈良、大阪和神户，简称"京阪神"。奈良和京都是日本迁都东京（原名江户）以前的故都（前者建都在公元710—784年，后者建都在公元794—1868年）均仿照我国唐代长安城、洛阳城。第二次世界大战时，盟军接受我国建筑学家梁思成的建议，未对两城实施炸弹洗礼，古迹得以保存，其中不少被联合国教科文组织评为世界文化遗产。大阪是日本第二大都会和工商业中心，神户是大阪的门户，为著名的海港。这次我们没有去京都、奈良，只到了大阪和神户。

3月24日午夜，我们搭乘日航班机，经过不到三个小时的飞行便抵达建在大阪湾一个人工岛上的关西国际机场。它是日本20世纪最伟大的工程之一，设施完善，规模比香港赤鱲角机场更大。

出了机场，登上旅游巴士直奔北陆，四个半小时后，抵达福井县的丸冈町，参观日本唯一的"竹人形之里"（竹偶馆）。那里陈列大过真人、小仅寸余的竹制人偶数百具，风格迥异，各臻其妙。部分展品可出售，价格不菲，未敢问津。

离了丸冈町，车至永平町用午餐。餐后至永平寺随喜。该寺为道元禅师在公元1244年（我国南宋理宗淳祐四年）创建，至今已有760年历史。道元为日本著名高僧，公元1200年生于京都，14岁出家，24岁至我国浙东名刹天童寺，受业于如净大师，钻研禅宗的曹洞宗，并将其传入日本。早在公元6世纪，佛教便传至日本，多为净土宗，戒律不严，僧人可以食肉饮酒、娶妻生子，并把寺院作为家产，世代相传。而曹洞宗则不同，戒律谨严、食斋禁欲、坐禅劳作、潜心修行。永平寺位于群山环抱的幽谷丛林之中，一道清

竹人形之里

永平禅寺

泉从寺前淙淙流过，风景绝美。70 余座殿堂依山而建，错落有致。殿堂之间均有回廊连通，与祖庭天童寺颇为相似，更因有苍松翠柏与两人合抱不交的巨杉萦绕四周，故气势更胜一筹。日本的佛寺与我国佛寺略有不同，通常没有大雄宝殿、罗汉堂、钟鼓楼，但必有所谓的"伽蓝七堂"，即山门、佛殿、僧堂、库院、东司、浴室和法堂。其建筑崇尚自然，不求奢华，梁柱、窗棂、天花、地板一律保持原木本色，配以灰黑砖瓦，显得朴质典雅。日本人本性爱清洁，而打扫殿堂庭除更是曹洞宗僧人们的日课之一，因此殿堂内一尘不染，入内参拜者都要除鞋。

告别永平寺，北上石川县加贺市，入住"汤之国温泉酒店"一间有 20 席大的日式套房。我怕水烫，内子怕羞，

兼六园

都没有去浸泡温泉。

3 月 26 日上午游览日本海海边一处景点东寻坊，未知是否当年徐福曾登临寻访的地方。白浪滔天，惊涛拍岸。岸边有数堆火山爆发形成的六角形柱状岩石，这在香港果州群岛也有，不算稀奇。

午后去金泽市的兼六园游览。金泽市是石川县政府所在地，是北陆地区最大的都市，经济繁荣，有"小京都"之称，亦是一座历史名城。兼六园是日本三大名园之首（另两园是水户县的偕乐园和冈山县的后乐园），系加贺藩第五代藩主前田纲纪在公元 1676 年所建，因它兼备我国北宋文学家李格非（大词人李清照之父）在《洛阳名园记》中提的六个标准——"宏达、幽邃、苍古、水泉、人力、眺望"，

兼六园古松

兼六园之梅

兼六园古梅

故名"兼六园"。据记由一位中国园林专家设计，园内建筑不多，以泉林取胜。一道清溪连通"瓢湖"与"霞湖"，分"春樱""夏绿""秋枫""冬梅"四个景区。园中多古树，有"唐崎""乙菜""根上""夫妻"等名松，即使樱梅等花木，多数亦有上百年历史。今年春寒，樱花尚在酣睡，而梅花则忘却归去，疏影横斜，暗香浮动，给我们意外的惊喜。

是夜入住金泽市中心四星级东急酒店。

3月27日南下大阪，途经著名的琵琶湖稍作停留，并用午餐。琵琶湖是日本最大的湖泊，水天一色，望不见对岸，湖有八景，多在南岸诸山中。

午餐后继续南下，下午三时抵达日本第二大都会大阪府。为了满足多数团友的购物欲，领队带大家去日本桥电器街和心斋桥的百货公司。

用完烤肉晚餐，领队带大家去梅田区的"新阪急酒店"，四年前我们曾经在这里住过。大阪和东京都是寸土千金，这家四星级酒店的房间特小，但十分整洁。

3月28日全团一分为二，多半团友去环球影城，其余去神户游览，我们当然属于少数派。

1995年的一场七级大地震几乎摧毁了整个神户，码头破裂，货轮翻侧，铁道扭曲，列车出轨，高架道路倒塌，死了6000人，30万人无家可归。谁也没有想到，仅仅只花三年时间，神户便从废墟中重生，变得比以前更安全、更美丽。除了保存一段破裂的砖头建筑遗址辟为地震纪念馆外，已见不到任何地震灾难的痕迹，因而神户人骄傲地自称"浴火重生的凤凰"。

神户是日本最早对外开放的城市，在市郊北野町的山

神户"异人馆"

坡上有一批不同风格的西洋建筑，被称为"异人馆"，是神户著名的景观。在地震中受损的建筑已修葺一新，现辟作高级的食肆、咖啡馆和精品店。

下午四时，我们返大阪，与游览环球影城的团友同赴关西国际机场。晚八时飞机启航，与日本告别。

此次去日本赏樱，不料春寒料峭，花期延误，一朵樱花也未见到，日本人称为"樱花全都沉默不语"，但却见到还依恋枝头的梅花和漫天飞舞的雪花，失望中也有惊喜。

2005 年 3 月 28 日写于返港机上。

泰姬陵门

印度的"金三角"

　　印度是四大文明古国之一，可它没有一部完整的编年史。从其他国家的史籍中得知，早在 3500 年前"印度河"沿岸已有高度的文明。

　　南亚次大陆（面积近四百万平方公里）人口的迁徙十分频繁，往往都是新移民驱走原住民。现在占印度人口大多数的雅利安人（Aryans）便是 1500 年前从高加索地区穿山越岭来到的。

印度民族众多，宗教亦多，除本地的印度教、佛教、锡克教，还有外来的伊斯兰教、基督教、祆教（拜火教）、犹太教等。虽然不同宗教的信徒都能包容彼此的信仰，可是不同民族之间的矛盾则无法调和。1947 年印度的宗主国英国（印度 1757 年就沦为大英帝国的殖民地）决定把印度分为"印度共和国"（以信仰印度教者为主体）和"巴基斯坦共和国"（以信仰伊斯兰教者为主体）两国，让它们各自独立。（"巴基斯坦共和国"分"东巴基斯坦"和"西巴基斯坦"两部分，并不相连。因此后来"东巴基斯坦"成立了"孟加拉国"，与"巴基斯坦国"脱离关系。）由于一国分成两国，必须进行大规模迁徙，致使数千万人流离失所，反而加深了两大民族的矛盾。70 多年来印巴两国打打停停、停停打打，武装冲突从未停歇过。两国国力悬殊，印度面积近 300 万平方公里，人口超过 11 亿，经济较为发达。巴基斯坦面积只有 80 万平方公里，人口才 1.5 亿，经济较落后。

我去过印度两次，第一次是 2004 年与内子同游"金三角"，第二次是 2013 年独游南印度。

德里（Delhi）、阿格拉（Agra）、斋浦尔（Jaipur），位于印度北部，三地恰似一个等边三角形，这是印度游客最多的地方，每年超过三千万，因此被称为"金三角"。

德里是印度共和国的首都，建于公元 8 世纪，是座历史名城，分旧城区和新城区。旧城区脏乱、贫穷，街道狭窄，建筑陈旧，但保存了一些古迹。新城区，1931 年竣工，以康诺特广场（Connaught Place）为中心，呈半圆形，分内外三层，有九条马路通向各方。其中一条由凯旋门通往总统府的林荫大道最为壮观。德里新区是政府机关、外国使馆所在地，许多高级酒店、餐厅、百货公司也集

中于此处，宽敞、整洁、富裕。新城区与旧城区形成强烈的对比。

印度门（India Gate）是新城区地标，这是 1921 年为纪念在第一次世界大战和第三次英阿战争中阵亡的将士而建的，拱门上刻着他们的姓名，以垂千古。印度每年国庆的阅兵典礼都在印度门举行。

凯旋塔（Qutab Minar）则是旧城区的地标，建于 1199年，高 73 米，分 5 层，塔身由下而上逐层收缩，用巨大石柱、石块建成，精雕细琢，布满精美的花卉图案。塔内有阶梯 379 级，可登临塔顶。内壁雕刻《古兰经》的全部经文。凯旋塔是我见过的最美的伊斯兰古塔。德里的新、旧两个地标，我喜欢旧的。

旧城区的红堡（Red Fort）是印度最大的古宫，城墙周边长约 2400 米，有 2 座大城门、3 座小城门，1638—1648年由莫卧儿帝国沙·贾汗皇所造，全用红砂石砌成，故称红堡。堡内分内宫、外宫两部分。外宫的主要建筑觐见宫，是皇帝接见王公大臣和外国使节的地方。殿中原有一座稀世之宝的孔雀王座，用 1000 多公斤黄金制成，镶满各种宝石。1739 年，孔雀王座被波斯国王劫去熔毁。内宫称娱乐宫，是帝王、王妃、公主们憩息、观赏和娱乐的场地，也极为奢华。

在新城区的国会大厦、总统府等都是现代建筑，只得宏伟两字评价。歌德说建筑是凝固的音乐，从建筑美来评价，也是新不如旧。

斋浦尔在德里西南 280 公里处，建于公元 1728 年，历史不算久长。1833 年维多利亚女皇的夫婿阿尔伯特亲王到访前，全城所有建筑都漆上粉红色，此后一直未变，因此被称为"粉红城（Pink City）"。

城市宫殿（City Palace）是公元 1728 年由藩王玛哈拉

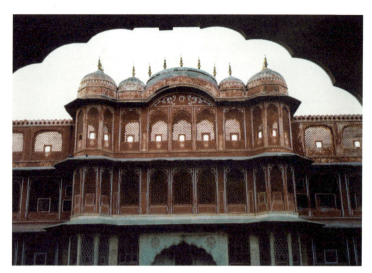

斋浦尔城市宫殿

纳·乌代·辛格二世（Maharana Udai Singh II）建造，内有十余座富丽堂皇的楼台，以七层高的钱德拉（Chamdra）宫最出色，它的主体是印度教风格，却用了伊斯兰教的穹顶。

风之宫（Hawa Mahal）是城市宫殿的南墙，墙面采用红砂石，高5层，有953个有白色边框的小窗，供王后、嫔妃从小窗内观赏街景，而不必担心会被百姓们窥见。风之宫是斋浦尔的地标。

琥珀堡在城外的山地上，是古代拉杰普特（Rajput）藩王的都城，建于公元1592年。城堡有多个宫殿，虽不宏伟，但门窗的镂花雕刻，嵌以彩色玻璃，在阳光照耀下，熠熠生辉，显得十分别致。

阿格拉在德里东南230公里处，以泰姬陵享誉全球。

泰姬陵（Taj Mahal）是莫卧儿帝国沙·贾汗皇为纪念其早逝的爱妻泰姬·玛哈尔，于公元1632年破土，1653年竣工，前后用了22年，几乎花尽了国库而建成的陵墓。南面的正门用红砂石建成，十分宏伟。陵墓建于高5.5米、

斋浦尔风之宫 | 2004 年

印度斋浦尔琥珀堡之花窗之一 | 2004 年

琥珀堡宫门

琥珀堡内墙

边长95米的方形基座上，四角有高40米的圆顶。墓室正中有个17.5米的球状圆顶，圆顶四角还有四角小圆顶。泰姬陵全部用白色大理石建成，映在前面的水池上，晶莹剔透，叹为观止。

沙·贾汗原打算在泰姬陵对面用黑色大理石建一座他自己的陵墓，但这一计划未有实现，因为他的王位已被其子奥伦泽布（Aurangzeb）篡夺，其子还把他父亲幽禁在阿格拉堡（Agra Fort）中，直至他在孤寂中死去。

阿格拉堡始建于公元1565年，一百多年后才完竣。规模宏大，有宫殿22栋，均十分富丽，这是泰姬陵外另一个建筑瑰宝。

印度是世界上贫富悬殊最为突出的国家，富者锦衣玉食、华宅连片，贫者无隔宿之食和立锥之地，无数人靠乞讨为生。印度教讲的是轮回，你今生受苦，只怪自己前世未修；若你今生好好修炼，不做坏事，那么来世你必会享大福。宗教，被马克思称为"精神鸦片"，它在印度所产生的作用，实实使人惊奇。

Sri Lanka

尼甘布潟湖

斯里兰卡五日

　　斯里兰卡（僧伽罗语意"乐土"），原名"锡兰"（梵文意"狮子"），是印度洋上的岛国，面积六万五千平方公里，人口两千多万。它有美丽绝伦的海滨，神秘莫测的古城，丰富多彩的自然风光，独特迷人的文化传统，曾被马可·波罗誉为"最美丽的岛屿"。我心仪已久，2018年3月3日至7日参加香港中国旅行社举办的五日游，得以如愿。

第一日，3月3日星期六，香港—科伦坡—丹布勒—米内日亚国家森林公园—丹布勒，晴。

3月2日深夜11:30在机场集合，团员11位，领队陈先生。搭乘斯里兰卡航空UL899航班，3月3日凌晨2:30起飞，在斯里兰卡时间（比香港晚两个半小时）清晨5:35降落科伦坡国际机场。过关、取行李、兑换货币花了一个多小时。当地的导游曾在浙江大学留学五年，能讲流利的普通话。6:45大家上小巴，40分钟后至Royalton Grand酒店用自助早餐。8:00出发，3个小时后至丹布勒石窟（Dambulla Caves）参观。

石窟位于斯里兰卡中部，距离科伦坡150公里。石窟寺又叫"金寺"（Golden Temple of Dambulla），掩藏在两块巨岩之间。公元前1世纪就有佛教徒在岩石的洞窟中静修，维拉干（Valagambahu）国王曾在此避难，他复国后便在此建庙感恩，以后历代国王都扩建石窟，塑造佛像，这里是斯里兰卡重要的宗教中心。石窟寺前有座日本人斥资在公元2000年建成的镀金大佛。佛座是个博物馆，博物馆入口是个张着血盆大口的狮头，台阶的扶栏做成狮子扑出的前爪，十分粗俗，与历史悠久、肃穆清幽的石窟遗址极不相称。石窟寺在大佛背后的半山上，主要是五个天然再加人工雕凿扩大的洞穴。第一窟天王窟，有尊14米的卧佛。第二窟大王窟，面积最大，也最精彩，有60尊佛像和上千幅壁画，还有一座佛塔。这两窟都有一千多年历史。第三窟大新寺，有17世纪斯里兰卡典型风格的壁画。第四、五窟面积较小，第四窟仅有一座佛陀坐像，第五窟有尊卧佛，身边还有一些印度教神祇。丹布勒石窟寺是斯里兰卡最大、最壮观也保存得最完好的石窟寺庙，雕像栩栩如生，壁画

在石窟里长卧 1000 年的大佛

1000 年前的彩塑佛像

日本人出资建造的金寺的金佛

米内日亚国家公园

鲜明如昔，1991 年被联合国教科文组织评为"世界文化遗产"（斯里兰卡共有 8 个"世界文化或自然遗产"）。

参观石窟寺需要除鞋，双脚踏在太阳晒得滚烫的石子路上，很不好受，这也考验朝圣者的诚心。

12:30 至丹布勒市郊一家酒店的餐厅用自助午餐。14:00 去往的米内日亚国家森林公园（Minneriga Natiga Park）占地 90 平方公里，拥有森林、湖泊、草原，风景优美，是野生大象、水牛、鳄鱼、水鹿、猕猴的栖息地。我们分三辆吉普车入公园，穿越森林中开辟的泥路，在湖边草地上看到 100 多头大象在食草、饮水、嬉戏。

亚洲象

17:00 离公园，车行 40 分钟至入住的 Pinthaliga Resort，这是一座园林式的度假酒店，我们在酒店用自助晚餐。

狮子岩天女图已有 1500 年历史

D2 **第二日，3 月 4 日星期日，丹布勒—锡吉里亚古城—康提，晴。**

8:00 出发去锡吉里亚（Sigiriya）古城，车行近两小时。大家先参观博物馆。

锡吉里亚古城已有 1600 年历史，面积很大，有两道护城河。正门在西，一条大道由西向东贯穿全城，直至狮子岩下。城南城北完全对称，现已挖掘了南城，有宫殿、游泳池等遗址。北城未挖掘，留给后人。

狮子岩是在广袤平原上突兀而起，四壁陡立，高 200 米，状若卧狮的一块巨岩。Sigiriya 就是"狮子之岩"的意思。公元 5 世纪时，弑父篡位的卡西伯（Kassapa）国王害怕亲族报复，选中了易守难攻的狮子岩，动用 10 万民工，历时 11 年，铲平了岩顶 70 公顷土地，建造了一座城堡式宫殿。他原本以为居此可以高枕无忧，谁知就在这座宫殿建成后的第 9 年（公元 495 年），他就被其弟追杀。卡西伯国王死后，岩顶城堡宫殿便改作寺院，渐渐湮没于丛林之中，19 世纪才被重新发现，

狮子岩

现保存宫墙、殿堂、喷泉、水池等遗址。狮子岩半山西侧有著名的壁画"天女图"，原有 500 多幅，经 1500 年的日晒雨淋，现在可以辨认的只有 21 幅。天女们形态各异，腰身纤细，乳房丰满，发饰精美，姿态妖娆。狮子岩城堡因其宫殿的恢宏和壁画动人心魄的美感，1982 年被联合国教科文组织评为"世界文化遗产"。在博物馆观看航拍的电影，狮子岩顶现在只有光秃秃的几道屋基残石，连一棵可以遮阳的树都没有，加上如今政府严令禁止拍摄巨岩的壁画（博物馆内建有部分复制品可供拍摄），因此我临时决定，不在酷暑（32℃以上）下顶着太阳行走 1200 多级石阶和铁梯去参观，而留在岩下的古城花园内拍摄。

11:30 团友们从狮子岩下山后，大家上车去玛特香料园（Matale Spice）参观并用自助午餐，一小时后抵达。香料园在山坡下，种植各种香料和药用植物。为争取阳光，一些乔木长得又细又高（超过 20 米），形成特殊的景观。用完午餐，工作人员带领大家至各种植区，介绍这些植物的效用。园内设有卖品部出售各种精油和成药，价格较贵，团友们都没有购买。

13:45 离香料园，直奔康提（Kandy），路程两个多小时。康提是斯里兰卡第二大城，原是锡兰的首都，1812 年英国灭掉康提王朝后，才把科伦坡定为英属锡兰的首府。康提依山（拔拉瓦卡达山脉）傍水（马哈威利河），还在城内挖了一个人工湖（康提湖），它到处是树，到处有花，是名符其实的花园城市。市内还有一座佛牙寺，供奉释迦牟尼的佛牙，故康提又有"圣城"之称。1998 年，联合国教科文组织将康提评为"世界文化遗产"。

我们先至佛牙寺随喜。佛牙寺位于康提湖畔，是座高三层的木结构建筑，原是康提王宫的一部分，外观朴实素雅，

香料园

"佛牙寺"边门

带领诵经的小和尚，不诵经，在拍照

内部则精致华美。每天都有数千名信徒手捧莲花入寺参拜，坐地诵经。佛牙供奉在第二层内殿，珍藏在镶珠饰宝的金塔内，金塔外有帷幕，民众都不能见到。

离别佛牙寺，再去附近的剧场，观看 17:00 开始的民族舞蹈表演。剧场简陋，没有冷气设备，十分闷热。表演也很一般，伴奏只有手鼓和唢呐，与中国一些省市的民族歌舞表演完全没法比。我中途离场，趁着最后一抹阳光去康提湖畔掠影，由于阳光被云遮住，拍摄不理想，我再返回剧场。

18:20 演出结束，大家上车至今、明两晚入住的 Hotel Tree of Life，在蜿蜒的小路上行驶了半个多小时。这是建在康提市郊半山上丛林中的度假酒店，院内有不少前所未见的奇卉异葩。在酒店用自助晚餐。

饭后回房，补写前两天日记，22:00 上床，睡了个好觉。

康提一豪宅

第三日，3月5日星期一，康提—尼甘布，晴。

9:30 出发，10:00 抵达宝石博物馆（Gems Museum）。博物馆设有工场和卖品部。出售的宝石原石和宝石饰品都有国际认可的证书，价格比香港便宜一半还多。团友们个个都买一些，我也给内子思孟买了一个蓝色半宝石吊坠。

11:30 离宝石博物馆至附近参观用自助午餐。12:30 乘车再去国营的锡兰红茶工场，先参观制茶流程，再品尝红茶。最好的和最次的价格相差数十倍，我不识饮茶，分不出好与差，买了中等价格的一罐红茶给思孟。

13:50 离红茶工场，也告别康提，向尼甘布（Negombo）进发。尼甘布离科伦坡国际机场很近，原是海边一个小渔村，16 世纪葡萄牙人入侵后在此修建了城堡，1640 年荷兰人取而代之，又建造了教堂、住宅和公共场所，此处逐渐成为海港城市。由于保留不少欧式建筑，故有"小罗马"之称。16:40 抵达尼甘布的圣玛丽教堂，这是斯里兰卡的天主教中心。大家参观后乘车至今、明两晚入住的 Amagi Lagoon 酒店。酒店位于潟湖边，高五层，我的睡房正对潟湖。在酒店用自助晚餐。这是此次食宿最好的酒店。

19:30 用完晚餐，我独至湖畔小坐，清风徐来，心旷神怡。

第四天，3月6日星期二，尼甘布—科伦坡—尼甘布，晴。

8:00 在酒店码头乘游艇（共两艘，每艘 6 人）游览潟湖，湖广约 70 平方公里。湖中有岛，周边全是红树林，林中栖居一种斯里兰卡特有的猕猴，个小耳黑，闻游艇声，纷纷

印度河落日

至岸边乞食。

9:00 在尼甘布渔市场上岸。晒鱼场上有不同品种的鱼，排列有序，颇具图案美。

9:45 出发去首都科伦坡（Colombo），相距 20 多公里，车行 40 分钟。科伦坡原是个历史悠久的渔村，先后被葡萄牙（1517 年）、荷兰（1656 年）、英国（1796 年）占领，1812 年英国灭掉康提王朝后，便把它定为英属锡兰的首府，1948 年锡兰独立后改名为斯里兰卡，也以它为首都。经过 200 多年的开发，如今的科伦坡已是一个现代的大都会，人口 80 万。全市分成 15 个区。第一区是市中心，也是精华的所在。宽阔的大道两旁高楼林立（还在不断兴建），是银行等商业机关、高级酒店和公寓，横路上则是豪华的公寓住宅，路边特多两人合抱不交的行道树，给人印象深刻。市区交通繁忙，不能停车，我们只能在车上观赏号称"小白宫"的市政厅、独立纪念堂、国际会议中心、国家博物馆⋯⋯

12:00 至一家名叫喜来登的中餐馆午餐，口味一般，但多天不食中菜，不好也觉得好了。饭后去著名的贝塔市场。市场规模不大，楼高三层，都卖进口名牌货，价格贵过香港，我当然什么也没有买。

返尼甘布市，应大家要求，在一家超市稍作停留，团友们买了不少当地食品（咸鱼、黄萱粉等），我也什么都没有买。

16:30 回酒店，明日便返香港，团友们纷纷理行李。19:00 在酒店用自助晚餐。饭后我应四位团友之邀，同至湖畔乘凉闲谈。

　　凌晨 4:30 被电话叫醒。5:30 出发去科伦坡国际机场，6:10 抵达。搭乘斯里兰卡航空公司 UL892 航班，9:00 起飞，五个半小时后，在香港时间（比斯里兰卡快两个半小时）17:25 抵达赤鱲角机场国际机场，结束了五天四夜的斯里兰卡之行。我们只到了斯里兰卡的中西部，所见不到四分之一。

　　斯里兰卡位于印度洋的中心，是东西方海上交通的要道，自然资源十分丰富，但 30 年内战拖慢了它的发展步伐，其至今仍是一个经济不太发达的农业国（茶叶、宝石、香料、旅游是它四大经济支柱）。不过人民过得相当幸福，一是因为 75% 以上都信仰佛教，乐天知命；二是政府很关心民众的福祉，医疗、教育（从小学到大学）全部免费；三是物价相对较便宜（包括房屋、土地）。由于内战已平息，21 世纪已进入发展快车道，在中国的援助下，政府大力修建高速公路和开发旅游业，相信斯里兰卡的明天一定会更好。

——摘自日记

清莱大佛

泰北的"双清"

　　2018年1月6日至10日，我参加永安旅行社举办的"泰北双清（清迈、清莱）五日游"。这是我第三次踏足泰国，第一次是20世纪90年代，我和思孟参加旅行团游览曼谷；第二次是21世纪初，我俩应三弟乐琦伉俪之邀，到他们位于南部普吉岛海滨的别墅度假。

"长颈族"女孩

D1 第一日，1 月 6 日星期六，香港（阴）—清迈（晴）。

12:50 至机场集合，团友 23 位，领队小张。搭乘港龙航空 KA232 航班，15:20 起飞，在泰国时间（比香港晚一个小时）17:10 抵达清迈（Chiang Mai）。

清迈府是泰国 77 个府中最大的 1 个，面积 23000 平方公里（泰国总面积为 51 万平方公里），现有人口 300 万，繁华程度仅次于曼谷，是泰国第一个独立国兰纳泰（Lanna Thai）王朝建于公元 1296 年的首都。它坐落于群山环抱的小平原，平均海拔 300 米，气候较为凉爽，自然风光优美，人文景观丰富（仅佛寺就有三百座），是泰国著名的避暑和度假胜地。

出了机场，泰国当地导游老尤带大家去名叫谢桐兴酒楼的潮州餐馆用晚餐，菜肴丰富。饭后车行 40 分钟至今明两晚入住的 Duangtawan Hotel。

D2 第二日，1 月 7 日星期日，清迈（多云转晴）。

7:30 出发去长颈族村，8:20 抵达。"长颈族"，族名 Karen，原是缅甸的一个少数民族，该族的传统，妇女以颈长为美，女孩从四岁起用铜圈箍颈，每隔二三年更换箍圈，增加几圈，直至十四五岁，最多的妇女有 25 至 30 个圈，铜圈重量达 15 至 20 公斤。多年前泰国和缅甸两国政府协议，将少数长颈族人移居清迈府暹粒（Mae Taeng）县，让他

踢球的大象

们设摊售卖服装、工艺品等，并供游客拍照（每次得付 20 泰铢），此处成为一个十分热门的旅游景点。

9:00 离了长颈族村，10:00 抵达清道（Chiang Dao）县内的大象训练中心。泰国曾是世界上大象最多（近百万头）的国家。泰人让大象在山间丛林中搬运木材，甚至上战场作战（当年兰纳泰王国的数万象军所向无敌），如今大象已不到万头。大象是非常聪明的动物，不仅可以训练它们闻乐起舞、列队操练、踢足球射门等，而且它们还会作画（不是每头都会，也有智愚之别），画的不是抽象画，而是具象画，一幅"树荫下的大象"，令人啧啧称奇。

大家还去观摩附近的猴子训练学校。猴子表演上树采椰子、投球入篮、骑自行车等节目，这并不出奇。

12:00 至兰蝶园（兰花园和蝴蝶园）用自助午餐。兰花园有花近千棵，都挂在架子上（不用盆和泥），排列成行，形成色彩缤纷的花廊。蝴蝶园规模很小，蝴蝶数量则不少，可惜只有几个品种。

午餐后大家乘车去手工业中心，参观银器和泰丝作品。作品十分精致，但价格不菲。大家还去了蜂蜜研究中心，那里出售全世界独有的罂粟花蜜，据说服用有益健康。

返回清迈市区，大家去参观韩国人投资、规模宏大的"3D 视觉美术馆"。一些世界名画经过特殊处理便有了立体感，给人以身临其境的感觉。

因有 10 位团友 19:00 要做泰式按摩，提前 17:30 至康笃皇帝宴餐馆用所谓的"皇帝宴"，菜肴并不精致，口味也很平常。席间有舞蹈表演。

19:00 返酒店休息。

清迈大金殿

D3 **第三日，1月8日星期一，清迈—清莱（多云至晴）。**

　　还是 7:30 出发，8:00 抵达博览会公园。这原是 2006 年举行有 28 国（包括中国）参加的"国际博览会"的场所，占地 410 公顷，博览会结束后改为公园和"皇家劝农场"。以前普密蓬（Bhumibo Adulyadej）国王每年在这里的大金殿内向农民们讲解先进的农业生产技术。大金殿建在正中的高台上，里外都金碧辉煌。

　　离了博览会公园，去西部的素贴山（Doi Suthep），10:15 抵达。素贴山高 1667 米，有山路上山，要经过 99 道弯。山顶有座普拉素贴寺（Wat Phra That Doi Suthep），建于公元 1383 年，因上山的 306 级参道有 2 条彩色琉璃长龙在旁守护，故俗称双龙寺。这是一座纯正的泰式佛寺，一个正方形的庭院，四周廊庑，内有无数神龛，庭院中间有一座高高的佛塔，其旁有一柄纯金的华盖，佛塔、神龛、佛像也都贴满金箔，金光炫目。

11:15 乘车下山再次经过 99 道弯。12:00 到一家酒店的餐厅用自助餐。有米粉、炒面、寿司等，食得满意。

13:00 上车去清莱，中途在温泉区休息半小时，免费浸脚，品尝温泉蛋。17:00 抵达清莱（Chiang Rai）。清莱是泰国最北的一个府，面积一万九千平方公里，东北与老挝（Laos），西北与缅甸（Myanmar）为邻。它属下的清盛（Chiang Sean）县处在湄公河（Mekong River）和其支流交会处，便是属于缅甸的以种植制鸦片的罂粟花而著名的"金三角"。过去清莱普遍种植罂粟，由于政府严禁，现已改种供出口的优质烟叶了。

抵达清莱市，至湄公河支流湄南河畔名叫云园的云南餐馆晚餐。滇菜不纯，混杂了泰国口味。

饭后 20:30 上车，车行 40 分钟，入住市郊的 Kham Thana Hotel，这是个园林式度假酒店。

(D4) **第四日，1 月 9 日星期二，清莱—缅甸—清莱—老挝—清莱（上午有雾，午后放晴）。**

今日提早至 7:15 出车，9:00 至泰缅边境的美塞（Mae Sai）县。两国的边关建筑华美，但如同虚设，只要付钱，不用检查，通行无阻。两国人民的外貌、自然景物都无区分，不同的只有语言、文字（边境民众都认识，通用），另外妇女服饰稍有差异，泰国妇女穿裤，缅甸妇女着裙，并会在脸上抹一种特殊木材磨成的黄粉，据说可以防晒并使皮肤细嫩。我们出关到缅甸，乘 City Taxi（每辆乘坐 8 人）上山，去参观大金塔，这是照仰光大金塔而建，规模则小很多。金塔正在再次镀金，塔身全用草席覆盖，无法拍摄。

缅甸玉佛寺

缅甸的玉佛寺

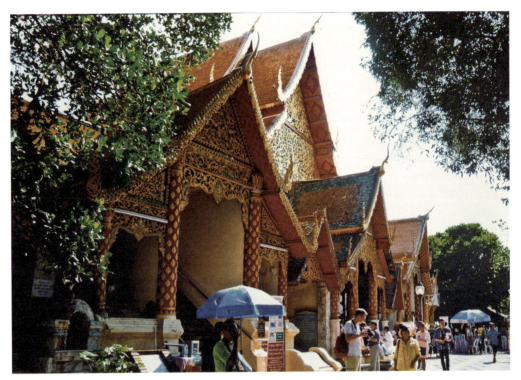

缅甸的商场

老挝木棉岛

折返山下，参拜玉佛寺，有大、小两个殿。小殿供奉玉佛，高 1.5 米，雕刻精美。大殿供奉镀金大佛。

离了玉佛寺，导游带大家逛缅甸的市场，规模很大，有数百家店铺，除了玉器店，全售卖廉价的服装、日用品，可使用泰币，价格比泰国便宜。

11:00 再乘车至边关，车行才 15 分钟。

再次穿过界河，返回泰国，时间是 11:30。12:15 乘车抵达清盛县内湄公河畔一家泰国餐馆用午餐。用完午餐，就在附近的码头乘坐长尾船泛游湄公河。湄公河全长 4900 公里，是世界排名第十的长河，清盛县附近的河面宽 200～300 米，水深约 15 米。大家在船上眺望著名的"金三角"，再至老挝的木棉岛登岸，岛上有许多老大的木棉树。海滨公园有不少店铺，货物应有尽有，价格亦比泰国便宜（老挝也通用泰币）。我买了两件小工艺品和一只布制拎袋。

14:30 乘坐原船返回泰国清盛，参观附近的鸦片博物馆。

15:30 乘车去参观位于莱东山上的皇太后夏宫，50 分钟后到达山脚，换乘专用小巴上山。

皇太后诗纳卡琳是前国王普密蓬之女，现国王之祖母。夏宫是皇太后用自己积蓄建造的，没有动用国家公款。这是一座两层木建筑，朴实无华。室内四壁和天花也都镶着木板，墙面只雕刻一些用泰文字母组成的图案，大厅的天花则雕了一幅星座图。对照这张图，夜晚可在露台上观察星星。皇太后经常住在这座夏宫，有儿孙们轮流陪伴，乐享晚年。皇太后以 97 岁高龄谢世。依照她的遗愿，夏宫常年向公众开放（入屋参观必须除鞋，并不能拍摄），以门票收入补贴维修费。御花园离夏宫不远，占地很广，种植各种奇花异草，不管何月何日总能见到五颜六色的花卉争奇斗艳。

码头边的佛像

清莱皇太后夏宫

17:40 乘专用小巴下山，再换乘旅游大巴，到市区一家豪华餐馆食泰国特色的青柠蒸鱼、铁板生蚝、炆鲟鱼等佳肴。最后的晚餐总是最讲究的。

21:00 返酒店休息。

(D5) 第五日，1月10日星期三，清莱—清迈—香港（晴）。

仍是 7:30 出发，8:00 抵达白庙，逗留 1 个小时。白庙原名龙昆寺，初建于 1860 年，规模很小，十分简陋，1997 年在当地华裔国家级艺术大师许龙才资助下，增购土地，拆除原建筑，由他亲自设计和监督施工，建造了这一座新庙，让泰国传统建筑形式和西方现代建筑理念结合，因全用白色并镶嵌镜片，故称白庙，成为泰国一个著名的景点。

9:00 告别白庙，乘车返清迈。10:20 至中途一个大型售卖泰产的大型商店停留休息。团友们几乎人人都买了大包食品，我买得最少。

13:15 抵达清迈市区，导游带大家逛一个楼高四层的清迈最大的购物中心，休息，采购并自费用午餐。我食他介绍的芒果糯米饭，果然不差，只是较甜，不适合我这糖尿病患者。糯米饭售价仅 60 泰铢，折合港币才 15 元。

15:15 上车赴机场，车行十分钟。

我们搭乘港龙 KA233 航班，18:25 起飞，飞行两小时十五分钟，在香港时间（比泰国早一个小时）21:40 抵达赤鱲角机场，到达香港。

泰国自然风光秀美，人文景观丰富，去了三次所见的不到其数十分之一，若有机会，我还会再去。

清莱白庙

——摘自日记

Egypt

大金字塔（埃及）｜ 2005 年

埃及访古

　　人类有四大文明古国：中国、古印度、古希腊和古埃及。根据可靠的文献记载，埃及在 5000 年前已由法老（国王）统治，形成了统一的文化。4600 年前就建造了大金字塔，其工程之浩大，即使在科技发达的今日也难以做到。因此，四大文明古国的第一把交椅，非古埃及莫属。

　　2005 年，我和俞自力兄参加香港"捷旅"的旅行团去埃及访问，受到一次极大的震撼。

金字塔与开罗

　　金字塔是古埃及用巨石叠成的正四面锥体的法老陵墓，因状似汉文"金"字，故我们称它金字塔。金字塔建于古埃及的"第四王朝"（距今 4600 年），位于尼罗河西岸的吉萨（Gisa）地区，是所谓"世界七大奇迹"中唯一留存至今的。已被发现的金字塔有 110 座，其中最著名的是祖孙三代的大金字塔：胡夫（Khufu）金字塔、卡夫尔（Khafre）金字塔和孟考尔（Menkaure）金字塔。

　　胡夫金字塔高 147 米，底座每边为 241 米，用了 230 万块（平均每块重 2.5 吨）的巨石叠成。它是世界上最大的金字塔，塔内有秘密通道，通往三个墓室（只有一个安放法老的石棺，但早已被盗）。

　　卡夫尔金字塔略小于胡夫金字塔。其前端有座高 22 米、长 57 米的狮身人面像，除了狮爪，都是用一块天然巨石雕成的。据说它的人面是按照法老卡夫尔的容貌雕的。他的鼻子是被拿破仑的炮兵当作靶子打掉的，那个打掉的鼻子现在存放在伦敦的大英博物馆。因为希腊神话传说中有个狮身人面的怪物叫斯芬克斯，现在大家便叫它斯芬克斯。

埃及开罗 | 2005 年

　　孟考尔金字塔比前两座要小得多，因它的底座用的是红色的花岗岩，看上去似乎更华丽。金字塔内原有一具巨大的空的石棺。19 世纪运送其往英国时，船在西班牙附近的大西洋上突然遇到强烈的风暴，沉没海底，这是无可弥补的损失。

　　从一些图片中看这三座金字塔似乎紧挨在一起，这是摄影产生的错觉，其实彼此相距甚远，如果要行遍（即使不进入金字塔内参观），至少要花两个小时！这次导游只带我们去胡夫金字塔，俞兄和我均未进入金字塔内参观，

埃及博物馆（埃及开罗）| 2005 年

根据返来的团友告知，塔内无物可观，连呼"上当"。

　　开罗（Cairo）是今日埃及共和国的首都和政治、经济、文化中心，分旧城和新区，由于人口超过 1600 万（占全国 1/4 以上），总的来说只有三个字："乱、挤、脏。"开罗建城不到 1000 年，本身没有太老的古迹，只有大大小小豪华的或简陋的清真寺 1000 多所，因为 85% 以上的居民信奉伊斯兰教。

在开罗，我们哪里都不去，一头扎进举世闻名的埃及博物馆。

埃及博物馆的规模不算太大，但藏品却超过 12 万件，因此不能全部展出。它的展览厅分设在一楼和二楼。一楼中央是个大厅，放着大型的展品，其中阿蒙霍特普三世（公元前 1390 年至公元前 1352 年）那座高达四米的巨型雕像最令人注目，该雕像在卢克索被发现时已风化成碎片，经过仔细拼补后才恢复原状。环绕大厅有一系列的展览室，展品是按年代布置的，限于时间，我们未进入参观。二楼展出的是按主题布置的，最著名的就是图坦卡蒙墓葬展览。那里展出的全部来自英国考古学家卡特 1922 年在尼罗河西岸帝王谷发现的图坦卡蒙（公元前 1336 年至公元前 1327 年）陵墓，殉葬品都是无价之宝，光是器具就有 5000 多件（包括宝座、卧床和六辆战车）。他的一百多件金银珠宝饰物，我觉得就比世界著名的蒂芙尼、卡地亚首饰店的产品更精致、更美丽。在三个人形的石棺下，安放图坦卡蒙的木乃伊，戴着镶嵌各种宝石的纯金面具。这个面具便是埃及博物馆的镇馆之宝。图坦卡蒙 8 岁登位，18 岁就猝死了，关于他的死有种种传说，现在学者们普遍认为，他不是被谋杀，而是由于战争中受伤，伤口感染而死的。并且他不是一个没有作为的法老，而是一个英勇作战的英雄（殉葬的六辆战车和众多武器便是证明）。由于图坦卡蒙死时没有子女，他的第十二王朝就结束了，由他妻子的祖父阿亚篡夺做了法官，阿亚甚至娶了自己的孙女！

在埃及博物馆只参观了三个小时，委实观之不足，在导游、领队一再催促下，我们依依不舍地与它告别。

卡纳克神庙之巨石柱

卡纳克神庙

卢克索与底比斯

卢克索（Luxor）与底比斯（Thebes），这两个地名实为一处，因为卢克索是建在底比斯的废墟之上的。位于开罗以南 650 公里处，在尼罗河的东岸，自第十八王朝（公元前 1550 年至公元前 1295 年）起便是古埃及的首都。

卢克索神庙（Luxor Temple）位于尼罗河畔，是第十八王朝法老阿蒙霍特普三世（公元前 1479 年至公元前 1452 年）开始兴建的，直至第十九王朝的法老拉美西斯二世（公元前 1275 年至公元前 1213 年）时才完竣，后来被沙土掩埋。12 世纪时，阿拉伯人在这神庙的废墟上建了一座阿布·哈加格（Abuel Hagag）清真寺，19 世纪已残缺不全了。进入塔式门楼便是拉美西斯二世庭院，两旁刻着纸莎草花纹的立柱异常精美。

19 世纪 80 年代开始对卢克索神庙遗址进行发掘（除了已建的清真寺不能发掘），进行整理，建筑基本上保存完好。卢克索神庙规模不大，最令人注目的是那里高大的塔式门，门楼墙上的浮雕生动地表现拉美西斯二世杀死仇敌赫梯人的情景。塔门外原有两座方尖碑，现只剩下一座，另一座被运到法国巴黎，现耸立在协和广场上。卢克索神庙外向东北方向有一条著名的狮身人面像大道，通往 3 公里外的卡纳克神庙，十分壮观。我们也是沿着这条大道（不是步行，而是车行）去卡纳克神庙的。

卡纳克（Karnake）神庙是拉美西斯二世建造的，为了祭祀创造之神阿蒙（Aman），故亦称阿蒙神庙。拉美西斯二世是第十九王朝的第二位法老，他是古埃及最伟大，也是最长命（享年九十有九）的法老，并有一百多位子女。卡纳克神庙规模比卢克索神庙要大得多，四周有高高的围墙，围墙有几座宏伟的塔楼。大院内有好几个祭殿，周边是许多巨大的石像和方尖碑。要游遍和观赏这座神庙，至少要花1天时间，而导游给我们的仅有1个小时，因此俞兄和我主要参观了列柱大厅，厅内12根纸草式圆柱，支撑高25米的天花板，而每根圆柱要8人才能合抱！（我有照片为证）。站在列柱大厅里，无人不觉得自己的渺小，这也正是建造者的目的。

帝王谷（Valley of the Kings）在尼罗河西岸西底比斯的一片荒无人烟的山谷之中。第十八王朝的法老阿蒙霍特普三世把首都迁至底比斯后，便考虑他日后归宿之地，鉴于金字塔全都被盗，他看中了这片山谷，在峭壁上秘密开凿洞穴作墓，洞口则用大小石块掩盖。以后的法官亦纷纷仿效。公元1817年这些陵墓被考古学者偶然发现，迄今已发现了58座法老的陵墓，除其中图坦卡蒙那座，全都被盗过，洗劫一空，包括安放法老的石棺。至于盗墓者如何进入墓室，取走藏物，至今仍是一个谜。

这58座法老陵墓只有几座向观众开放，参观人数最多的便是图坦卡蒙的陵墓，我们也只参观此墓。这座陵墓很小，没有气派，壁画也不精致，估计图坦卡蒙死得突然，他才18岁，还没有为自己建造陵寝，这是借用别人的非法老用的墓。里面只有四个小小的墓室，现已空无一物，因为原有的藏品均已搬至开罗的埃及博物馆。

离了帝王谷，我们还参观在其南边的哈特谢普苏特（Hatshepsut）神庙。哈特谢普苏特（公元前1490年至公元前1468年）是古埃及唯一的女法老，她是图特摩斯一世（公元前1504年至公元前1492年）的女儿，嫁给她同父异母之兄，后来继位的图特摩斯二世（公元前1492年至公元前1479年），其子便是图特摩斯三世（公元前1390年

法老巨型头像（埃及）| 2005年

神鷹

一位法老之像

至公元前 1352 年）。哈特谢普苏特在其夫死后，作为继母先是担任摄政王，辅佐幼主，后来干脆篡夺王位，自称法老，一直到她去世为止。她的死也可能与图特摩斯三世有关，因为他实在等得不耐烦了。哈特谢普苏特是个有为的法老，她雄才大略，统治古埃及 20 多年，增强了国力，拓展了领土，并大大发展了文化艺术。

哈特谢普苏特神庙（也称祭殿）在 19 世纪中被发现时只是一片废墟，现在我们见到的是大规模重建后的结果，原来的狮身人面像大道和塔式门楼等都已不复存在了。神庙建在高山之下，有三层平台，层与层之间由巨石铺成的斜梯相连，平台则用方形的石柱支拄，远远望去仿佛是 20 世纪 30 年代美国纽约的现代建筑，十分雄伟壮丽。神庙内原有 100 多尊哈特谢普苏特戴着假发、扮成男子模样的雕像，后来全被痛恨她的继子图特摩斯三世毁坏。

阿斯旺

尼罗河上打鱼人

尼罗河畔柳树（埃及）| 2005 年

阿斯旺（Aswan）是古埃及南部边境城市，位于尼罗河东岸，距卢克索的直线距离为 210 公里。我们由卢克索乘坐游轮溯流而上去阿斯旺，由于必须经过尼罗河一道狭窄的闸口，上下许多船只都要排队等候，我们的那条游轮行行停停足足花了三日三夜。白天俞兄和我并坐在甲板的长椅上观赏尼罗河两岸旖旎的风光，晚上则联床夜话，加深了相互的了解 [自力小我四岁，毕业于澳大利亚墨尔本大学，长期担任香港一家老牌德国洋行（一时忘其名）机械部经理。中国改革开放后，该洋行率先向中国输出精密的机械设备，主持其事的便是自力。他虽学的是工科，却也喜爱文学和艺术。我尤其欣赏他"毫不利己，专门利人"的品行。他是我在香港最好的朋友，患有严重的心脏病，做过"搭桥手术"，并在胸部安装一个起搏器。2013 年他旧病复发，抢救无效。他的逝世使我痛失良友，我一直非常想念他]，增进了彼此的情谊，因此倒不觉时间漫长。

1956 年，埃及总统纳赛尔接受苏联的贷款，聘用苏联的工程技术人员，在阿斯旺以南建造了一座 4 公里长、高出水面 114 米的大坝，大坝蓄水后形成一个大湖，称为纳赛尔水库，可永久性地解决尼罗河下游时涝时旱的问题，而且建成的一座大型水力发电厂还能解决埃及长期缺电的问题，经济效益巨大，不过要付出的代价也不小：一是必须每年偿还苏联加利息的贷款；二是一些古代遗址将永远淹没水底，包括举世无双的阿布·辛贝神庙（Great Temple of Abu Simbel）。这座神庙是纪念第十九王朝法老拉美西斯二世的。神庙的大厅是有数十根高达十米的圆柱，仿佛是用这些圆柱支撑天花板的。圆柱上雕刻着拉美西斯二世的像。阿布·辛贝神庙是稀世的文化瑰宝，为了不让它永沉水底，联合国教科文组织发起一项国际性救援活动，获得巨额捐款后，组织工程技术专家把阿布·辛贝神庙所有的雕像和装饰从山岩上切割成块，再运至水坝上游的山上，像搭积木一样逐块重新搭建，居然分毫不差，这无疑是 20 世纪一项伟大的考古和建设的成就。我们这次参观的便是重新搭建的神庙。

根据可靠的文字记载，古埃及的文化至今已超过了 5000 年。现存的 4000 年前的建筑、雕像、绘画、文字等均已达到很高的水平。4000 年前我国的半坡文化、良渚文化、大汶口文化等是完全无法与之相比的。我们应该谦逊

阿斯旺的阿布·辛贝神庙

　　地甘拜下风，自叹弗如。不过古埃及的文化后来突然消失，

而我们中华文化则一直延续至今，这是中华儿女的幸运。

　　这次埃及访古之旅，只能说是匆匆一瞥而已，许多该

去的地方均未涉足，但留下的印象是毕生难忘的。

　　　　　　　——2023 年 11 月追记

Morocco

菲斯（摩洛哥）｜ 2016 年

难忘的摩洛哥

2007 年，内子思孟和我利用春节假期，参加香港金怡旅行社举办的摩洛哥十天游。

(D1) 第一日，2 月 16 日，香港—巴黎。

午夜我们在赤鱲角机场搭乘法航 AF185 航班，飞往法国巴黎。

D2 第二日，2月17日，巴黎—卡萨布兰卡。

经过 13 小时的飞行，在法国当地时间（比北京时间晚 7 个小时）清晨 7 时抵达巴黎的戴高乐机场，9 时转搭法航 AF2196 航班飞往摩洛哥。中午 12 时飞机降落在卡萨布兰卡穆罕默德五世国际机场，终于踏足我们神往已久的土地。摩洛哥（Morocco）在古阿拉伯语中有"陆地尽头"或"日落之处"的意思，地处非洲的西北角，西部面临浩瀚的大西洋，北部隔着仅宽 15 公里的直布罗陀海峡，与欧洲的西班牙相望。

出了机场，阳光灿烂，空气清新，气温为摄氏 16℃，十分宜人。大家登上旅游大巴，直奔 30 公里外的卡萨布兰卡市区。

多年前，我们曾看过获得奥斯卡奖的美国电影《北非谍影》。故事情节已忘得干干净净，但一直记住故事发生地卡萨布兰卡（Casablanca）的名字。

卡萨布兰卡是摩洛哥第一大城市，也是非洲最大的海港和主要的航空枢纽。全市人口有四百多万，占了摩洛哥全国人口的四分之一。它原名达尔贝达（Darel Baida），本是一个小渔港。15 世纪，西班牙侵略者占领此地，见当地民居都漆白色，便取名"卡萨布兰卡"，意思是"白色屋"。

卡萨布兰卡有新城区和旧城区，我们先参观新城区。1912 年摩洛哥沦为法国保护国后，法国统治者便竭力推行"法国化"政策，在一些城市的旧城区边建一个法国式的新城区。卡萨布兰卡的新城区以联合国广场、胜利广场和穆罕默德五世广场为三个中心，环绕这三个中心兴建林荫大道向四周延伸。林荫大道两旁全是法国式的高楼大厦，近端是政府机构、银行、酒店、餐厅、百货公司，远端则是带小花园的高级住宅。行走在新城区，仿佛置身法国，故卡萨布兰卡有"北非巴黎"之称。

我们在大西洋畔一家餐厅午餐。通过落地大窗可以望见汹涌澎湃的大西洋午潮。餐后，大家去附近的穆罕默德五世广场。广场中间有个水池，水池边无数鸽子向人们乞食，如同威尼斯的圣马可广场。大家再乘车至皇室行宫。行宫戒备森严，不准摩洛哥民众接近，但允许外国游客在宫门外拍照留念。

行宫左拐便是卡萨布兰卡的旧城区，区内街道两旁几乎全是出售银、铜、木器、地毯、布件、陶瓷的店铺，横巷内则是白色的民居。横巷每隔七八米有一道拱门，大抵用以支撑两旁的屋宇。旧城区的脏乱与新城区的整洁恰成对比。后来我们在拉巴斯、菲斯、马拉喀什等城市见到的情形都相同。

我们入住号称四星级的 Kengi Basma 酒店，在酒店用晚餐。

(D3) **第三日，2 月 18 日，卡萨布兰卡。**

今日是阴历丁亥新正，团友们相见互祝"恭喜发财"。9:00 出发去菜市场，菜场十分整洁，货物分门别类，陈列有序。团友们纷纷选购鲜果，水果比香港的新鲜，价格也比香港便宜。

10:00 去参观哈桑二世清真寺。这座清真寺是为了庆祝国王哈桑二世六十大寿，由法国名建筑师 Michel Pinsean

设计，耗资 8 亿美元，花了 6 年时间在 1993 年建成的，米白色的外墙、墨绿色的屋顶，十分典雅，其高达 210 米的宣礼塔是"卡萨布兰卡"的地标。清真寺也只对外国游客开放，只要付摩洛哥币 120 迪拉姆（迪拉姆与港币等值），便可入内参观。清真寺宏伟的大堂可容纳 25000 名信徒祈祷。清真寺三分之一悬空，建在海上，在底层透过玻璃地板可以俯视大西洋的波涛。

离了哈桑二世清真寺，我们也就和卡萨布兰卡告别，乘坐旅游大巴向首都拉巴特进发，车程一个半小时。

拉巴特（Rabat），阿拉伯语意是胜利者的营地，它是摩洛哥第二大城，人口超过 120 万。1912 年，摩洛哥被法国统治后，法国以卡萨布兰卡为首府。1956 年，摩洛哥独立后，才以拉巴特为王国首都。

我们先至拉巴特东北建于 12 世纪的奥黛亚（Oudays）城堡区。城堡区面积不大，城墙也不高大，但十分壮丽。堡区内全是纵横交叉的小巷，民居上半部漆白色，下半部漆蓝色，颇有地中海风情。

离了城堡区，大家到附近很有民族特色的餐馆用午餐，餐后参观皇宫。摩洛哥皇室在各个城市都有行宫。这里是"正宫"。所谓参观，只是允许隔着马路对宫门拍摄。

继而瞻仰穆罕默德五世陵。这位带领摩洛哥人民摆脱法国统治的君王和他的儿子哈桑二世先后统治王国 40 余年，曾多次粉碎外国颠覆和军事政变，维护了国家的独立和尊严，因此深受全国人民爱戴。王陵并不宏伟，却显得十分庄重，据说出自一位越南裔建筑师之手。

王陵对面有座高 46 米的哈桑塔。公元 1195 年，穆瓦希德王朝打算建造一座全世界最大的清真寺，但工程一直

菲斯古城（摩洛哥）｜ 2016 年

没有完成，1755 年更遭受一次特大地震，如今只剩下这座哈桑塔和 360 根半截石柱，供人凭吊。

我们没有在拉巴特停留，便赶往下一站菲斯。

四个小时后途经古城梅克尼斯，我们稍作停留。夜幕已降，在暮色里见这座古城门楼巍峨，气象森严。它建于公元 11 世纪，公元 1672 年由阿拉维王朝定为国都，是摩洛哥四个首都（菲斯、马拉喀什、梅克尼斯和拉巴特）之一。古迹保存完好，1996 年被联合国教科文组织评为"世界历史文化遗产"。

我们抵达菲斯时已是深夜 21:00，入住 Belere 酒店，在酒店用晚餐。

D4 第四日，2 月 19 日，菲斯。

早餐后，团友们先登上城南的山丘俯瞰菲斯古城。菲斯是摩洛哥的一个古都（公元 808 年至公元 1912 年）。菲斯，阿拉伯语的意思是"金色的斧头"。据说当年国王伊德里斯二世（Idries Ⅱ）主持奠基时，见到天空中有一把金色的斧头，故以菲斯命名。随后大家下山游览古城。古城

菲斯染坊

内街道密密麻麻，弯弯曲曲，大巷套着小巷（最狭的小巷，两人相遇，得彼此侧身才能通过），好似一个巨大的迷宫，因此菲斯又被称为"世界上最易迷路的城市"。为了怕迷路，团友们都紧跟当地的导游，亦步亦趋，不敢观赏两旁诱人的店铺。

时间有限，我们只参观了陶瓷厂、织巾作坊、地毯店和游客必到的皮革染坊。染坊内硕大的染缸排列有序，五颜六色且五味杂陈。工人穿梭其间，着衣很少。据说这些天然染料有健身作用，因此染工们都能享高寿。参观者都会获得一二片薄荷叶，可放在嘴里咀嚼，以驱除恶心的臭味。

参观完染坊，我们便在一家小饭店午餐。

我们在古城共花了四个小时，只是在古城的北部转了一个弯，未窥全豹。据说城南有些大户人家，大门毫不起眼，内部的布置、陈设极为奢华。"大隐隐朝市"，古代阿拉伯的贵族就喜欢隐藏在寻常巷陌之内。

在旅馆用自助晚餐后，20:30 全体团友均每人付 250 迪拉姆去观赏民族歌舞。跳肚皮舞的舞娘既老且肥，团友们连呼不值，上了当。

(D5) 第五日，2 月 20 日，菲斯—伊芙兰。

早餐后，大家向撒哈拉沙漠进发，途经摩洛哥第一高峰阿特拉斯山（Mt. Atlas）。山上冬季白雪皑皑，夏日鲜花盛开，景色绝佳。

菲斯餐馆外望

　　15:30 至一个叫"维托"的小湖畔参观，用迟到的午餐。饭后大家都到湖边徜徉，这时天上飘下润物无声的细雨，拂在脸上十分惬意。继续登车前行，7 个小时后到 22:00 才抵达称为"沙漠之门"的伊芙特（Erfourd）镇，入住 Belere Hotel。此时雨变得越来越大，由无形变有形，由无声变有声，大家担心会否影响明日的游程。导游宽慰大家，说雨很快便会停止，因为根据历年气象记录，全年加起来降雨时间也不会超过 20 个小时，我们姑且信之。

空凳（空等）

伊芙特镇是摩洛哥最小的市镇，常住居民才数千。这是 1929 年才兴建的旅游点，镇内有酒店、食肆和别墅，这些建筑全是欧洲风格，连房舍上高耸的烟囱也像欧洲那样有鹳鸟作巢栖居，因此欧洲游客到此，会有一种返回家乡的感觉。

(D6) 第六日，2 月 21 日，伊芙兰—撒哈拉沙漠—欧萨萨。

清晨 4:00 被叫醒，团友们四人一辆吉普车，浩浩荡荡向撒哈拉沙漠进发，去观赏著名的"撒哈拉日出"。虽然雨已停止，但天空阴霾，我估计是见不到日出的。旷野里没有路，司机开亮车前大灯，循着车辙行驶，颠簸 50 分钟后，大家到达了休息站，一排骆驼已在待命。思孟和我各骑一匹，由驼夫牵引，一步一颠地向沙丘走去。气温是摄氏 2 度，但不觉太冷。20 分钟后，我们登上一个山丘，四周仍一片漆黑。6:30 天色渐明，才见到我们前头还有无数的沙丘，似乎一个比一个更高，而沙丘之巅都已站满游客，昂首以待。到了 7:00，已过日出时间，太阳仍未露面，大家只好失望而归。回到休息站后，我摆弄四张铁椅，拍了一张"空凳（空等）"，作为纪念。

D7 第七日，2 月 22 日，欧萨萨—图瓦峡谷—埃本哈杜。

　　8:30 返酒店用早餐，餐后继续上路。三小时后抵达图瓦峡谷。峡谷是摩洛哥常见的地理景观，以图瓦峡谷（Todra Goege）最著名。"Goege"这个词英文的意思是"峡谷"，法文的意思是"喉咙"，此处以法文之意最贴切、最形象。图瓦峡谷两边的悬崖高达 300 米，迎面对立，相距只有二三十米。人在谷内宛若井底，抬头望天，仅见一隙，是名符其实的"一线天"。两边的山崖似乎随时会倾倒，令人不寒而栗。我们在悬崖下一家餐馆午餐，那里终年不见天日。

　　离了图瓦峡谷，车行四小时，抵达当年法国侵略者驻军重地欧萨萨（Ouarzazate）镇，入住 Le Zat 酒店。

D8 第八日，2 月 23 日，马拉喀什。

　　早餐后乘车前往古城马拉喀什。途中我们游览了占地 120 公顷的梅纳拉（Menara）花园，园内种植 16000 棵橄榄树，有一所 12 世纪建造的宫殿供皇室避暑。离了梅纳拉花园，我们便至马拉喀什旧城区的萨地亚皇陵（Tombeaax Saadiens）。皇陵内安放历代君王的石棺，石棺均转侧，面向圣城麦加。皇陵内四壁都布满用蓝色瓷砖镶嵌的花卉图案，十分华丽。皇陵附近的库图比亚清真寺（Koutoubia Mosque）的宣礼塔高达 67 米，是马拉喀什的地标。据说建造此塔时曾往黏合石块的泥浆中拌进近万袋香料，故称为"香塔"，即使隔了 9 个世纪，依然可以闻到扑鼻的香味。

　　在一家餐馆用过晚餐后，大家都去著名的德吉玛广场。广场之北有数条狭窄的小巷，两旁店铺林立，售卖各种工艺品，种类繁多，琳琅满目，令人目不暇接。广场中人们歌唱跳舞，更多的人围着观赏翻滚跳跃、弄蛇斗鸡等杂技表演；表演者似乎只是自娱自乐，并不在意游人扔下的钱币。

夜宿马拉喀什一家五星级酒店，忘了其名。

(D9) **第九日，2月24日，马拉喀什—卡萨布兰卡—巴黎—香港。**

早餐后，稍事休息，便乘车直往卡萨布兰卡国际机场，登机飞往巴黎，再由巴黎转机飞返香港。

(D10) **第十日，2月25日，香港。**

清晨安抵香港赤鱲角机场，我们乘出租车返家，结束了这次十日之旅。

摩洛哥国土面积只有26万平方公里，稍大于我国的广东省，却集中了雪山、平原、峻岭、峡谷、激流、清泉、海滩、沙漠等多种自然风光，世界上找不到这样的第二个国家。加上欧洲文化与阿拉伯文化千百年来一直在那里碰撞，相互容忍，形成了一种独特的人文风情，因此摩洛哥每年能吸引数百万来自世界各国的游客。

仅仅10天（去掉往返，实际不足8天）游览摩洛哥，委实是观之不足的，但已给我们留下难忘的印象。

——摘自日记

Cape Town & Pretoria
SOUTH AFRICA

难得这样安静——夕阳下的大西洋

南非两都赋

　　为体现三权分立，南非共和国有三个首都：立法首都开普顿（Cape Town）、行政首都比勒陀利亚（Pretoria）、司法首都布隆芳丹（Bloemfontein）。三都中，我到了两个。

　　开普顿（以下简称开市）位于西南部的开普半岛，人口 120 万，仅次于约翰内斯堡（Johannesburg），始建于 17 世纪中叶，是南非的"母城"。她有点像檀香山（火奴鲁鲁），又有点像旧金山（三藩市），兼具两者之长，也许是世界上最美丽的滨海城市之一。

举世无双的桌山高逾千米，像一扇张列的锦屏

"汪洋一片都不见，知向谁边"——毛泽东《浪淘沙》

开市有座举世无双、顶平似截的桌山（Table Mountain），高一千多米，超过香港第一高峰大帽山，像一扇张列的翠屏，随处可以望见。晴日午后，桌山之巅会蒙上一层薄薄的白云，称为"白巾铺桌"；傍晚，渐渐增厚的云层会沿着山坡滚滚而下，仿佛万马奔腾所扬起的尘埃。

开市西临爱嬉闹的大西洋，整天兴波作澜，一面呐喊，一面狂奔，向着岸边的礁石阵发起冲锋，激起一两人高的浪花。

开市气候宜人，冬无严寒，夏无酷暑，在气象学上称为"地中海型"，虽然两者相隔万里。城市街道整洁，设置完善，建筑精致，处处芳草鲜花。世界各地犹太裔富翁退休后多爱卜居此地，他们在大西洋岸边建筑不少美轮美奂的公寓和别墅，建在陡峭山坡的豪宅还有各自的专用缆车呢！

然而与南非各大都市一样，开市深受社会问题的困扰。贫富悬殊、种族矛盾几乎到了无以复加的程度。与市内形成鲜明对比的是郊外的黑人区，那里以木条、铁皮搭建的简陋肮脏的小屋铺天盖地不见尽头，触目惊心。由于城市

大西洋岸边豪华的公寓

傍晚，云层渐渐增厚，沿着山坡滚滚而下

失业率高达 40%，加上邻国涌入大批流浪者，以致治安极差，市民们都申请牌照购枪自卫，夜晚大家不敢外出，华灯下偌大的开市成了一座死城。当局为了申办 2004 年奥运会，正在悄悄进行一场清污运动，但愿能成功。

从开城乘车南下，沿途可以欣赏大西洋和印度洋不同的优美景色，一个多小时后便可到达好望角自然保护区。大名鼎鼎的好望角样子一点不出奇，就像香港蒲台岛的南角嘴，但却是大西洋和印度洋的分界处，说来也怪，两边的水质、水流、水温和水中生物真的截然不同！在游客中心的卖品部，你若肯花 20 港币便可买到 1 小瓶"双洋之水"，就是不知他们是怎样采集的。

联合大厦是政府的行政中心

比勒陀利亚（以下简称比市）位于北部高原，距第一大都市约翰内斯堡仅 60 公里。这是座整洁宁静、风光旖旎的山城，也是南非唯一的白色人种居民多于有色人种居民、治安相对安定的城市。市中心的教堂广场是最早开发的地方，而市东小山坡上的联合大厦是南非的政府合署，老曼德拉总统在这里接见民众时，大厦便会升起美丽的国旗。比市遍植金鸡纳树（可制治疟疾药），每年 10 月，五万余株齐著花，全城云蒸霞蔚，赏花人莫不似痴似醉，可惜我们来早了，无醉亦未痴。

为什么选择这座偏僻的内陆小城作行政首都？说来话长。

非洲原是属于黑人土著的。1488 年葡萄牙的航海家首先"发现"了南非。1632 年荷兰开始在好望角一带移民开发，其后裔称为"布尔人"（Boer，荷语农夫）。1806 年，英国大肆入侵，鹊巢鸠占，残酷的经济掠夺和政治迫害，逼使布尔人在 20 世纪 30 年代跋山涉水向着茫然未知的内陆大迁徙。后来，布尔人则在北部原属祖鲁族土著的土地上，建立了两个国家，即 1852 年成立的"特兰斯瓦（Transvaal）共和国"和 1854 年成立的"橘自由邦（Orange Free State）"。1855 年，特兰斯瓦共和国首任总统比勒陀

与好望角隔海相望的尖岬更雄伟，然却默默无闻

白羽鸵鸟较为少见

河马群——南非石雕工艺

利亚看中了一个小盆地，带领大家在此建都。作为纪念，首都便以他的姓氏命名。

英国殖民政府一直有觊觎两国之心，尤其1867年北部发现了丰富的钻石和黄金矿藏之后，便再也耐不住了，加紧实施并吞计划，在1899年蓄意挑起了布尔战争。布尔人在其领袖特兰斯瓦共和国末任总统克鲁格的领导下，奋起抗战，前仆后继，浴血三年，终因实力过于悬殊而不敌。两国沦亡，英国得偿所愿。克鲁格不愿臣服，流亡欧洲，1904年逝世后遗体归葬比市。作为布族的英雄，他深受布族和部分黑人的爱戴，其巨大的铜像矗立在市中心的教堂广场，供人瞻仰。

过了40多个春秋，1948年，以布尔人为主体的南非国民党开始执掌政权。又过了13年，冲破重重障碍，终于脱离英联邦，南非共和国成立了。他们认为南非共和国与特兰斯瓦共和国胤脉相传，选择比市作行政首都乃理所当然。这也算洗雪耻辱，以报当年之仇。

——原载《相机世界》第247期

The Sun City & The Lost City
SOUTH AFRICA

南非双城记

寝宫正室（即总统套房）外观

瞭望塔之一

　　太阳城与迷城都是壮丽的人造景观，若早建五百年肯定有资格角逐世界奇迹。

　　1979 年建成的太阳城（The Sun City）处于群山环抱的人工湖畔，空气清新，林木葱茏，是南非最著名的休闲度假胜地。全城由三家首尾相望、各具特色的豪华旅馆、一所设备齐全的娱乐中心、一个国际水准的高尔夫球场和巨大的能进行各类水上活动的人工湖组成，诸凡商店、酒楼、大会堂、歌舞厅、电影院、保龄球馆、儿童游乐场……无不应有尽有，然而最基本的卖点还是赌博。南非共和国是禁赌的。由于历史原因，境内有数个司法独立的自治共和国，精明的企业家就钻了这个空子，他们找到离南非第一大都市约翰内斯堡（Johannesburg）仅两小时车程的博茨瓦纳共和国（Republic of Bophthatswana）一个死火山的山口，斥巨资建造这座太阳城，使之成为非洲的拉斯维加斯。

　　1991 年建成的迷城（The Lost City）则是太阳城的延伸。在非洲大陆世代流传一个故事：从前，在群山环抱的大湖边有个繁华的都城，都城里有座世界上最美丽的皇宫，白天阳光下，它光耀夺目，仿佛全用纯金铸成，夜晚月光下，它皎洁晶莹又像是以象牙、珍珠构作。在一次大地震后，繁华的都城连同美丽的皇宫突然消失得无影无踪。千百年

迷城皇宫的门厅拱顶高达 25 米

从雨林区远眺迷城皇宫，前为著名的猴面包树，树胸径两米

迷城皇宫大酒店之一

从柱廊水池远眺迷城皇宫

来，人们跋山涉水寻找这座迷失的都城皇宫，都失望而归。太阳城的经营者食髓知味，决定重建这座迷城。数千工人日夜赶工，从规划到建成仅仅花了22个月，终于这座迷城皇宫又矗立在群山环抱的大湖边，与传说的一样华美。但它已不是皇室的禁脔，实际上是一家宫殿式的超豪华旅馆，其占地之广袤、建筑之雄伟、园林之深邃、装潢之富丽、设置之先进、服务之殷勤，迄今尚未有匹敌者。可是，美则美矣、善则善矣，我个人总觉得似乎少了一点优雅和温馨。

组雕：豹逐羚羊

壁上浮雕：百兽图

水晶殿餐厅之一景

　　我们抵达太阳城与迷城之时正值南半球的隆冬，且非周末假期，故旅馆、酒楼、剧院和赌场，皆顾客寥寥，近半是港台两地之游客，不免有些凄清。

　　夜阑人静，我独坐在连接太阳城与迷城的世纪之桥上（这里每隔一个多小时会爆发地震，届时随着隆隆巨响，烟雾弥漫、火花烛天、山崩桥裂……），远望灯火朦胧的迷城皇宫，蓦然产生一种似真似幻、似梦似醒的感觉，正是：酒不醉人人自醉，城不迷人人自迷！

——原载《相机世界》第 246 期

欧澳掠影

梦萦威尼斯

　　威尼斯是世界上唯一建于海上的名城，具有独特的魅力。我先后到访五次，梦魂常萦。

　　威尼斯在意大利半岛的东北角上，由117个小岛组成。那里没有大街，穿越全域像反写的"S"的大运河（Canalaggo）就是大街，418条小河就是小巷。那里没有车辆，载客的轮船就是它的公共汽车，摇橹的小船贡多拉（Gondola）就是它的三轮车、黄包车。游览威尼斯不下河也行，只要你不怕转弯抹角，穿行378座桥梁，什么地方都走得到。

　　威尼斯200多年来并无太大的变化，几乎和拜伦造访时没有两样，只是当年的府邸豪宅如今已变成了旅馆、公寓、酒店、餐厅和博物馆，大运河上则多了载客、运货的轮船。

威尼斯（意大利）｜2015年

贡多拉

圣马可教堂（意大利威尼斯）｜ 2010 年

　　1997 年 12 月，内子思孟和我参加香港一个旅行团游览佛罗伦萨后，乘坐旅游大巴来到威尼斯。这是我们的初访。团友们携带行李乘坐水上巴士的客轮至大运河左侧一个码头登岸，至酒店放下行李，便由当地的导游（华人）带大家去圣马可广场，并在外观赏圣马可教堂、钟楼和总督府。威尼斯纬度高（北纬 45°，与我国的哈尔滨相同），冬天夜来得早，才下午五时，城市已披上了薄薄的面纱。

　　圣马可广场呈长梯形，东端较阔，西端较窄，两边是长排带有连拱的三层建筑，底层全是高级的酒吧、食肆和售卖艺术品、玻璃器皿的商店。广场上有许多走着、飞着的鸽子，逐人乞食。站在圣马可广场，你不能不为她的美丽唱赞歌，据说当年拿破仑皇帝到了这里也曾脱帽致敬，称她为"欧洲最美的广场"。

圣马可广场之东便是威尼斯200多个教堂中最壮丽的圣马可教堂，始建于11世纪，原是座有5个圆顶，富有东方风味的拜占庭式建筑，14世纪加建哥特式的尖塔，两者竟然出奇地和谐。

广场东南角矗立一座方柱形高达90米的钟楼，仿佛是守护广场的卫士。它始建于12世纪，曾作为导航的灯塔，1902年在地震时倒塌，这座新钟楼是1912年重建的，有电梯可直达楼顶。

贡多拉船（远处是圣乔治岛上的圣乔治教堂）

叹息桥

钟楼对面是著名的原总督府，9世纪初建，屡次遭火，屡次重修，据说现在见到的还是原来的式样，它有三层，下两层有连拱回廊，底层疏朗庄重，二楼繁密精巧，三楼没有回廊，只有一大片白色与粉红色砌成菱形图案的墙面。从运河中看总督府，好像整座建筑浮在水上。总督府隔着一道水巷是昔日的监狱，两者之间有条巴洛克风格的石桥，当年囚犯经过此桥，眺望窗外，莫不叹息，这就是闻名于世的叹息桥。

团友们离开圣马可广场，导游带至餐厅用晚餐。饭后天已漆黑，导游带领大家在微弱的街灯下七拐八弯到达贡多拉码头。我们六人一船，在桨声灯影里夜泛威尼斯。贡多拉船身细长，船首尖翘，通体漆成闪亮的黑色，相对的座椅都用猩红色的椅套。由一位船夫在船尾摇橹，在时明时幽的狭窄水巷里慢慢行驶，穿越一座座小小的石拱桥。夜色掩盖了威尼斯的瑕疵，你不会注意屋宇墙面泥灰剥落的颓相，你不会注意水中漂浮垃圾的污糟。水巷两旁的楼房不高，只有三四层，因为没有月色星光，楼房里也不透

水巷（意大利威尼斯）| 2010年

临河居（意大利威尼斯）| 2010 年

宫（意大利威尼斯）| 2010 年

露灯火（多半已人去楼空），使人恍惚置身于深山峡谷之中。夜已深，船夫不便引吭高歌，只有贡多拉欸乃的橹声，益发显得寂静，仿佛整个威尼斯已进入梦乡。我迷迷糊糊，时睡时醒，半醒半睡，蓦然，眼睛一亮，贡多拉已驶入灯火通明的大运河，大运河两旁的酒吧、咖啡馆还围坐着一群喧闹的年轻人。这真是个迷人的威尼斯之夜。

2000 年 9 月，内子和我在佛罗伦萨出席昌尉侄的婚礼后，自订酒店，自购车票，坐火车到威尼斯。这是我们的再访。出了车站，我们还是乘坐水上巴士，沿大运河南下，在圣马可广场的码头登岸。由于手中的地图标记不清，我们找不到预订的酒店，询问路人，大家都抢着回答，有人说过了那座桥向左行，有人说不对，过了桥要向右行。我俩便拖了行李过桥，左右都转了一圈，均未找到，只好再拖行李过桥，返回原地。原来我订的那家酒店，根本不用过桥，就是附近。我们询问的都是游客（威尼斯常住人口不满 15 万，每年到访的游客近 2000 万），真正是问道于盲。据说在威尼斯迷路也是一种特殊的乐趣。

我们在酒店只住两晚。次日早餐后，我俩带上相机，背着背包，信步漫游，随意拍照。累了，就坐在街边井旁的长椅上休息。饿了，就随便找家食肆去充饥。我们上午向东行，下午向西行，整整一天也未走出圣马可区。第三天清晨，我们乘坐水上巴士北上至火车站，告别威尼斯，直奔罗马。

2012 年 2 月，我参加香港何振威摄影会组织的摄影团去威尼斯，拍摄嘉年华会（又称面具节）。它起源于 11 世纪，原是一个宗教节庆，大家戴起各色面具在斋戒之前狂欢作乐。面具节至 18 世纪已经式微，但到 20 世纪 70 年代又恢复举行，为期十天，很快风靡全球，吸引了大量观光

别问我是谁（意大利威尼斯）| 2012 年

意大利威尼斯｜2012 年

客。有不少欧美的富豪很早就定下豪华酒店，并定制多套精美的面具和服饰，届时穿着起来（除中午返酒店用餐），整天徘徊在圣马克广场，摆出各种姿势供人拍摄。

　　我们在威尼斯逗留三天。酒店早已客满，我们十几个人便分住几家民宿。我们整整两天，穿梭于广场的人群，自由掠影。第三天，照片拍得够了，我们便租用小快艇去慕拉诺（Marano）和布拉诺（Burano）两岛游览。

贵妇（意大利威尼斯）｜ 2012 年

绅士（意大利威尼斯）｜ 2012 年

　　慕拉诺岛是由五个小岛组成的，岛与岛之间有桥连通，13 世纪时那里居民已超过 3 万，拥有自治的政府，并还自铸钱币。1391 年，威尼斯总督为了避免祝融之灾，下令将威尼斯岛的玻璃工匠全部迁移至该岛，因而慕拉诺岛便成为玻璃制造中心。我们参观了一个大型工厂，产品都是大路货。原来著名工匠的技艺是相代相传的，他们的工场都谢绝参观，他们的产品都是公认的艺术品，只在圣马可广场的礼品店出售，价格动辄上千欧元（合上万港币和人民币），非一般人能够问津。

红日已沉入海底（背景是 1630 年建造的健康圣母教堂）

布拉诺岛以手编蕾丝花边著名。18、19 世纪欧洲的皇室、达官、贵族均以身着其出产的蕾丝花边为时尚。布拉诺岛上的房屋外墙的颜色与隔壁两旁之屋颜色不同，原本是方便岛上渔民（岛上妇女织花边，男子全为渔夫）归来时可以远远望见自己的家。后来当地政府干脆规定所有房屋外墙的颜色均由政府决定，避免相重。色彩缤纷的房屋就成了该岛的特色。

慕拉诺岛

傍晚，我们仍乘坐快艇返回威尼斯本岛。次晨我们先乘水上巴士至旅游大巴停靠处，乘大巴穿越意大利北部去法国。这次算是真正的观光之旅。

2011 年和 2015 年，内子和我曾乘坐邮轮畅游地中海，一次向西，一次向东，两次都曾在威尼斯停留，登岸游览，因此算起来我到过威尼斯五次，内子思孟则是四次。

威尼斯是百游不厌的，我希望可以再见！

—— 2023 年 10 月改写，原载于香港《相机世界》第 253 期的《威尼斯一夕》

Praha

布拉格之晨（捷克）｜ 2008 年

情迷布拉格

如果选举世界最美的首都，我会投票给捷克的布拉格
（Praha）。

伏尔塔瓦（Vltava）河由南向北穿越布拉格，西岸的城
堡区和东岸的旧城区都保存有不少 11 世纪至 13 世纪的罗
马式，13 世纪至 15 世纪的哥特式，16 世纪的文艺复兴式，
17、18 世纪的巴洛克式古建筑，因此布拉格被誉为"建筑
博物馆"。

布拉格圣维特教堂

位于山丘上的城堡区面积较小，由于居高临下，极有气势，是 9 世纪建立捷克王宫的所在地。现在还存有宫殿一座（今为总统府），教堂两座，修道院一所。布拉格的城堡区，1992 年被联合国教科文组织评为"世界文化遗产"。

总统府不对外开放，每天上午十时至下午四时，整点时都有换岗仪式，届时广场上挤满游客，但其规模不及英国伦敦的白金汉宫。

圣维特（St. Vitus）教堂始建于 14 世纪，600 多年来不断进行扩建，直至 1929 年才正式完工。它是哥特式建筑，

圣维特大教堂

魔鬼教堂（捷克布拉格）| 2008 年

宏伟壮丽，是布拉格的地标之一。圣维特教堂东侧有个始建于 10 世纪的圣佐治（St. Jiri）教堂，则是罗马式建筑，是布拉格最古老的教堂。

布拉格的精华在旧城区，而旧城区的精华在旧城广场。

旧城广场的正中是宗教改革家杨·胡斯（Jan Hus，公元 1371 年至 1415 年）的雕像。他因为反对教会对平民的剥削和压迫，被教廷下令活活烧死。他的死激起人民反抗教廷持续十多年的战争，称为"胡斯战争"。

提恩（Tynem）教堂是旧城广场最醒目的建筑，1135年初建，1365 年重建，也属于哥特式。由于它众多的黑色尖塔与灰色外墙酷似童话中魔鬼居住的堡垒，故大家称它为"魔鬼教堂"。这是胡斯派信徒们聚会的教堂。

布拉格圣维特教堂花窗

布拉格天文钟（捷克）｜ 2008 年

1410 年完成的著名的天文钟，安放在旧市政厅的钟楼，它有上下两个钟面，下边的钟面是月历钟，外围以波希米亚人民一年四季劳作生活的图案表示一年的 12 个月份，中间是个布拉格旧城的徽记。上边的钟面显示一天 24 小时，蓝色为白昼，红色为夜晚。天文钟除了显示月份、时间，还准确地模拟地球、太阳和月亮运行的轨迹，并且每到整点，天文钟上方的窗户会自动打开，门旁的死神便敲响丧钟，基督的十二门徒会依次出现。天文钟结构之复杂，功能之众多，装饰之精美，堪称举世无双，因此是游客必到之处。旧市政厅的钟楼高 70 米，可以登临，俯瞰全城。

伏尔塔瓦河上有九座桥梁可以沟通东西南岸，最著名的是查理大桥（Charles Bridge）。公元 1357 年奠基，15 世纪初建成，桥长 505 米，宽 10 米，有 16 个巨大的桥墩，600 年来经受无数次洪水冲击，均安然无恙。桥的两端有高耸的哥特式塔楼，十分雄伟。大桥两旁的石围栏上各有 15 尊建于 18 世纪的圣像，神态各异，栩栩如生。查理大桥是欧洲最古老、最美丽的石桥，光凭这座桥，就可以为布拉格赢取世界最美首都的桂冠。为了保护这座桥，布拉格市政府规定桥上不能通车，只供行人散步。在桥上每天总有不少街头艺人献艺，有的耍手技，有的表演传统的木偶，有的一动不动表演铜像；歌手在此演唱，并出售自己的录音带；画师在此为人写真，并出售自己的水彩、油画作品，还有白发苍苍的老人在此手摇音乐盒……更多的是出售明信片、画册、相集和手工艺品（木雕、石雕、玻璃器皿均很精美，价格也不很昂贵，我买了一个玻璃制的小丑，比威尼斯便宜一半还多）。查理大桥上只要不碰上狂风暴雨，整天都挤满人群。

香港各家旅行社都不把布拉格作为重要景点。内子和

天文钟与魔鬼教堂

布拉格歌剧院

布拉格最豪华之咖啡馆（旧王宫之一）

布拉格之玻璃器皿

我去过布拉格三次，参加的是三个不同的旅行社，但除了到达和离开的时间有所不同外，行程全都一样：宿一晚，食三餐，行半天，不少该到的地方都没有去，更不要说参观博物馆、观剧和听音乐了。

团友中也似乎只有我一人对布拉格情有独钟，惊鸿一瞥就目眩神迷。要好好领略这座"中世纪之都"的风韵，得像台湾名作家林文月那样住上大半年，我是普通的打工仔，无此可能。

Rome

ITALY

斗兽场

罗马访古

最高法院（意大利罗马）｜2010 年

    条条大路通罗马。我们由威尼斯出发，经佛罗伦萨，从东北进入罗马。左边是古老的奥里安城墙（Aurelien Wall），右边是著名的博尔塞公园（Villa Borghese），穿越台伯河（Tiber River），下榻圣彼得教堂旁的米开朗琪罗旅馆（Michelangelo Hotel），一下子把我们带进了历史。

    在欧洲各国的首都中，除了雅典，就数罗马的历史最悠久，从公元前 753 年起，先后是七王时期、古共和国时期、帝国时期、教皇、意大利王国和意大利共和国的都城，称为"永恒之都"。帝国时期（公元前 79 年至公元 475 年）的疆土横跨欧、亚、非三大洲，地中海成为它的内海。文艺复兴时期（公元 14 世纪末至 17 世纪），教皇的权威无以复加。这是罗马两段黄金岁月，诞生了极其灿烂的文化。继希腊文化之后，罗马文化在语言、文字、法律、建筑、绘画、雕塑、文学、音乐等许多领域都深刻地影响欧洲，可以说没有罗马，整部西洋历史便要改写；没有罗马，今日的西方世界便会完全不同。

罗马是世界上古迹最多的城市。在2700多年的漫长岁月中，罗马历尽沧桑，几度因战祸天灾夷为平地，又几度在废墟上重建。罗马帝国时期的建筑，除了万神殿（Pantheon）、古城墙和斗兽场，多半已埋于地下，在城区内行走，每一步都可能踩在古迹上。从18世纪以来，罗马不断进行大规模考古发掘工作，发现的遗址均妥善保存，供人凭吊。残留的柱、梁、檐、墙，留存工程的浩大和工艺的精湛，吉光片羽，都是人类的瑰宝。

古罗马最伟大的建筑是斗兽场，又叫圆形竞技场（Colosseum），也是罗马的象征。这是一座用砖石建造，外墙裹以大理石的椭圆形建筑，周长500多米，中间是表演场地，地底有多层隐蔽的兽柱和供格斗士休息的密室。四周围绕表演场的，是高达50多米的连拱结构、阶梯式座位的4层看台，可容纳6万观众。底层有80个拱形壁龛，共放置160座精美的雕像。这座斗兽场是公元72年由罗马皇帝维斯巴西安（Vespasian）下令建造的，声称为了"与民同乐"，但这里进行的不是体育竞赛，不是歌舞表演，而是人与人之间或人与猛兽之间的生死搏斗，这是真正的"杀戮战场"。仅在公元80年，庆祝落成100天之内，光被杀死的猛兽就有9000头，而死去的格斗士的数目更远远超过，只因格斗士均由俘虏或奴隶充当，他们的生命都不值钱，才没有加以统计。这种血腥野蛮的游戏持续了近

罗马一国际机构

凯旋门（意大利罗马） | 2010 年

400 年，直至公元 442 年斗兽场在地震中坍圮而中止，而斗兽场崩颓之时，正是罗马帝国灭亡之日。接着便是长达数百年北方蛮族侵占的黑暗年代，罗马沦落为牛羊放牧之地，斗兽场也付告荒草寒烟。公元 15 世纪初，罗马开始大规模重建，人们纷纷挖取斗兽场的大理石建造教堂、宫殿、宅邸，斗兽场变成了采石场。要不是后来教皇下令制止，并加以修葺，改为耶稣受难教堂，恐怕这个斗兽场今天已不复存在。

有人批评今日的斗兽场既无帝国时期富丽堂皇的气象，又失去了中世纪时残破凄迷的浪漫之美；而且更有人想到在这里死去的万千生灵……建议拆毁这座斗兽场，当然说

斗兽场建于公元 72—80 年

这些偏激之言的，属于少数人。平心而论，斗兽场确是一座雄伟壮丽的建筑，是人类建筑工程史上的一项巨大成就，至今仍是世界各国体育场仿效的典范。

文艺复兴时期共建造了400余所教堂和3000多处喷泉，至今基本上都保存完好。圣彼得教堂（Basilica S. Pietro）和圣彼得广场（Piazza S. Pietro）是文艺复兴时期最杰出的建筑。

古罗马原本是信奉希腊多神教的。公元1世纪50年代从中东属地传入的基督教，最初被视为异端邪说，不少教徒被迫害致死；公元67年，耶稣的首徒圣彼得也被倒钉在十字架上而殉教。但残酷的迫害反而激起信仰的热潮。公元4世纪罗马皇帝君士坦丁（Constantine，公元311年至337年在位）也皈依了基督教，并在圣彼得的墓地兴建了第一座基督教堂——圣彼得教堂。公元324年，君士坦丁皇帝更是下诏宣布基督教为罗马帝国的国教。在蛮族入侵期间，基督教成了饱受苦难人民的精神支柱，影响力进一步扩大。公元8世纪，法兰克皇帝丕平（Pepin）驱走蛮族，把罗马及附近两万多平方公里土地赠予教宗，此后一千多年罗马一直受教廷统治，直至公元1870年教宗退居梵蒂冈（Vatican），丧失世俗权力为止。

教宗（Pope），希腊文原意是父亲，后来成为罗马主教的专称，被视为"圣彼得的继承者，耶稣基督在世上的代表"，是基督教的最高领袖。公元800年后，教宗更拥有为帝王加冕的权力，俗称为"教皇"。教宗由枢机主教组成的选举委员会选出，现任教皇圣保罗二世（John Paul II，公元1978年出任）是第264任教宗。

公元1506年，教宗朱利尔斯二世（Julius II，公元

圣彼得广场的圆柱廊

1503 年至 1513 年在位）为了突出教廷至高无上的权威，下令改建圣彼得教堂，要求其规模和气派超过古罗马任何一座伟大建筑。改建工程历时 120 年，直至公元 1626 年，教堂的主体工程才完竣。几乎所有文艺复兴时期的建筑、雕塑和绘画大师都参与了圣彼得教堂的设计和装饰工程，为之耗尽了心血。这座宏伟壮丽、美轮美奂的圣彼得教堂确实堪称人类建筑艺术史上空前的杰作。

进入圣彼得教堂，必须穿越圣彼得广场。这个公元 1667 年落成的广场是由建筑大师贝尔尼尼（Bernini，公元 1598 年至 1680 年）设计和监制的，广场和教堂两者完全融合，成为不可分割的艺术整体。圣彼得广场东西长 340 米，南北宽 240 米，围以两个半圆形的柱廊，形成一个完美的椭圆形。柱廊宽约 15 米，每 4 根立柱排列 1 行，共有 284 根圆柱和 88 根方柱，柱廊顶端屹立 140 尊圣像。两行柱廊犹如一双伸出的臂膀，欢迎朝圣者。广场中央耸立一

圣彼得大教堂祭台上的圣体伞

座高 26 米的方尖石碑，原是公元 1 世纪罗马皇帝卡里古拉
（Caligela）从属地埃及运来装饰斗兽场的，公元 1586 年
奉教宗之命迁移至此。石碑左右各有一个巨大的喷水池。
从广场登上教堂的石级两旁，屹立着耶稣门徒圣彼得和圣
保罗巨大的雕像。圣彼得广场可容纳 40 万人，被称为世界
上最壮丽的广场。

　　重建的圣彼得教堂是世界最大的教堂，也是基督教的
中心教堂，重要的宗教仪式都在这里举行。教堂平面呈希
腊十字形，东西长 211 米，南北宽 137 米，可容纳 25000 人。
教堂中心有个米开朗琪罗（Michelangelo，公元 1475 至

特雷维喷泉

1564年）设计的大穹顶，直径42米，高达136米！穹顶之下是教宗专用的祭台，祭台是贝尔尼尼设计的，由4根高20米的螺旋形铜柱支撑的华盖，有个专门的名字叫圣体伞（Baldacchino）。圣彼得教堂内装饰了无数的雕塑和镶嵌画，庄严堂皇，其中最著名的是米开朗琪罗25岁时所作的大理石雕像《圣殇（Pieta）》，将圣母抱着死去儿子的悲痛刻画得淋漓尽致，令人感动不已。

刚进入圣彼得教堂，你可能无法领略它宏大的规模，因为教堂内每一部分的比例均十分匀称，只有以人体的高度与之比较，你才会纠正自己的错觉，顿时也会感到自己的渺小，不由你不产生一种神秘的宗教之情。这也是教宗们要不惜工本改建和装饰圣彼得教堂的原因。

特雷维喷泉(Trevi Funtain)是著名雕塑家沙尔维(Salvi)设计，足足花了30年时间，至公元1762年才重建完成的。喷泉的背景是座巨大的凯旋门，水池中央的一组雕像是表现海神得胜归来，十分生动，是罗马巴洛克风格的重要作品。据说将离别罗马的人只要背向喷泉把一枚钱币投入池中，许个愿，那么便能重返罗马，因此特雷维喷泉又叫"许愿池"。我们和大家一样，按照规矩向喷泉抛了一枚钱币，所以我们一定会重来罗马的。

罗马是个巨大的博物馆，是本打开的露天史书。有句谚语："要真正认识罗马，一个人的一辈子是不够的。"我完全相信。

—— 原文载香港《相机世界》254期

Rothenburg

"杯酒却兵"的故事，每天在这里重演

古意盎然的洛顿堡

　　由德国法兰克福（Frankfurt）至慕尼黑（Munich），除了六车道的超级公路，还可行走一条沿着美茵河（River Main）支流陶伯河（River Tauler）蜿蜒的小路。在古代，这条小路是南去意大利的大道。沿途有芳草茂林、清流激湍，风光十分旖旎，并还穿越一些在历史上颇有名声的宫殿、城堡、教堂、修道院和市镇。这些古迹大多保存完好，而且还在其周围增建了许多仿古建筑与之配套，浑然一体。漫游其间，仿佛进入时光隧道，回到中世纪的欧洲。因此，这条小路被称为"浪漫之路（Romantic Road）"。

　　浪漫之路就像一串精美的项链，其中最晶莹夺目的一颗珍珠便是洛顿堡（Rothenburg）。从 13 世纪起洛顿堡便

南门

北门也是该城正门

是神圣罗马帝国属下的一个富庶的自治邦，至今仍保留着昔日高高的城墙和深深的沟壕。全城的形状恰似一把葵扇，有七个城门，每个城门均有一座各具特色的方柱形钟楼，主要作为瞭望台之用。七个城门展伸七条大街，七条大街都通往城中心的市政厅。市政厅是座混合哥特式和罗马式的雄伟建筑，有个高达55米的钟楼，登楼俯瞰，城内的房舍和城外的田野历历分明。

在17世纪"三十年战争"时期，王权衰落，诸侯混战，洛顿堡曾面临覆灭的危机。1631年，蒂利将军（General Tilly）带领军队包围洛顿堡，攻城之前，他下令要与洛顿堡的老市长努施（Nusch）比酒量，若能赢过他，便会撤军。

洛顿堡市招（组图）

老市长舍命应赛，一口气饮下了 3.5 公升的酒，胜了将军，洛顿堡总算逃过了劫难。如今这个"杯酒却兵"的故事天天会在市政厅的钟楼演出，每到固定时间在时钟两旁的窗口就会跳出两个木偶比酒。

洛顿堡内的房舍全是中世纪时德国南部的风格，典雅优美，楼高二至五层，都有高峭的屋脊，屋顶上铺着棕红色鱼鳞状的瓦片，临街的窗台上永远放着鲜花。

从 19 世纪以来，洛顿堡便成为旅游胜地，被誉为"中世纪之宝"。如今，全城 5 万居民 80% 都从事旅游服务行业，临街的屋舍几乎都改变为酒店、食肆和售卖各类纪念品的商铺。为了吸引顾客，每个招牌都精心制作，争奇竞秀，成为洛顿堡的一个特色。据统计，洛顿堡每年接待来自世界各地的观光客超过 150 多万！

—— 原载香港《相机世界》第 252 期

Salzburg
AUSTRIAN

霍恩萨尔茨堡（Hohensalzburg）

钟灵毓秀的萨尔茨堡

　　奥地利萨尔茨堡（Salzburg）位于阿尔卑斯山北麓，萨尔茨（Salzach）河穿越全城，蒙西斯山（Monchsberg）与卡布金纳山（Kapuzinerberg）隔河对峙，被公认为奥地利最美丽的城市。1997 年 11 月的一个晴日，我站在摇摇晃晃的古老的舒塔兹桥（Staats Brucke）上，脚下的萨尔茨河清澈明澄，缓缓西流。南岸月牙形的蒙西斯山卫护着旧城，山巅白色的霍亨萨尔茨堡（Hohensalzburg）被尚未完全消散的晨雾裹拥，增加了一种神秘感。山下众多的教堂尖顶

萨尔茨堡

美丽的萨尔茨河

卡布金纳山下之精美公寓

蒙西斯山之教堂

构成了旧城独特的风景轮廓线。北岸卡布金纳山林木茂密，山脚有一排精美的公寓，向西展延便是现代化的新区。时已孟冬，日前下过初雪，夜间气温降至零下，但山上的丛林与河畔的芳草依然苍翠，没有半点萧瑟之象，果然是钟灵毓秀之地。

　　萨尔茨堡是座历史名城。早在公元696年，天主教的修士们看中了这里的灵秀，在蒙西斯山的山巅创建了欧洲最古老的圣彼得修道院。公元739年，教皇任命大主教管辖萨尔茨堡周围广大地区，山上的修道院变成了大主教府，山下也逐渐形成了繁荣的市镇。为了防御侵略，公元1077年大主教府筑起了城堡，这便是中欧地区至今保存最完整的霍亨萨尔茨堡。

　　萨尔茨堡大主教身兼辖区的民政长官，13世纪更被册封为拥有资格选举神圣罗马帝国皇帝的"选侯"。辖区广大，物产丰足，尤其境内的盐矿和银矿带来巨大收益，财大势雄。历任大主教均出自显赫的名门贵族，他们对于世俗的权势、

大教堂广场（Domplatz）之玛利亚像

建于 1661 年的巴洛克式喷泉

萨尔茨堡的格莱特街

大教堂（Dom，建于 1614—1655 年）

花摊

庭院深处的餐馆

庭院深处之咖啡馆

庭院深处之住宅

米拉贝尔花园（Mirabelle Gardens）

财富、情欲享受比进入天堂有更大的兴趣，都舍得撒金钱重新聘请意大利的建筑师、美术家，在蒙西斯山脚下建造一座座庄严的教堂、豪华的府邸，在广场上矗立精美的雕像和喷泉。公元 1567 年就任的沃尔夫·莱特瑙大主教（Wolf Dietrich von Raitenau）更是大手笔，梦想创造一个"北方的罗马"，决定建造一座比罗马圣彼得大教堂还要宏伟的教堂。可惜他的继承者为了建造郊外的避暑山庄，大大缩小了教堂的规模。不过，公元 1655 年最后落成的巴洛克式的大教堂（Cathedral），其华贵典雅仍不愧为建筑学上的杰作。这位风流的莱特瑙大主教还为与他生了 12 个孩子的

萨尔茨堡，国旗飘扬处为莫扎特出生地

情妇在萨尔茨河对岸建造了一座美轮美奂的米拉贝尔花园（Mirabelle Gardens），成了萨尔茨堡著名的游览地。

　　大主教和贵族们追求声色犬马，客观上促进了文化艺术的发展，各方人才荟萃，萨尔茨堡自然成为文化艺术中心。经过数百年天地氤氲，公元 1756 年诞生了一位旷世天才音乐家莫扎特（Wolfgang Amadens Mozart，1756—1791 年）。从此，莫扎特便成了萨尔茨堡的骄傲，萨尔茨堡与莫扎特几乎画上等号。随处可以见到以莫扎特名字命名的广场、纪念馆、桥梁，甚至当地出产的巧克力糖也用莫扎特作商标。莫扎特诞生的格特莱街（Getreidegasse）九号，黄色外墙上悬挂一面巨大的红白红国旗，更是成了朝圣之地。这条狭窄的街道两旁全是精致古朴的中世纪建筑，多数带有连环拱廊的美丽庭院，现在都成了商店、食肆和旅舍。

　　萨尔茨堡是座名符其实的音乐之城，处处可以听闻悦耳的音乐，有人形容"行走街上，仿佛踩着琴键"。萨尔茨堡一年四季都会举行大型音乐会，各国一流音乐家都以能参加演出而庆幸，世界各地的乐迷闻风云集，全市充满欢乐气氛。而我们这次恰恰碰上空档，很是遗憾。

克里姆林宫

俄罗斯两都赋

　　俄罗斯有过两个都城：莫斯科和圣彼得堡（曾名彼得格勒、列宁格勒）。公元 1613 年，罗曼诺夫王朝灭掉了莫斯科公国，就把此地作为自己的都城，取名就叫莫斯科。公元 1712 年，彼得大帝把都城迁至由其亲手建造的海港城市圣彼得堡。1918 年，列宁把首都迁回莫斯科。1991 年苏联解体，成立了俄罗斯联邦共和国，也把首都定在莫斯科。

莫斯科

莫斯科地处俄罗斯欧洲部分的中心，横跨莫斯科河及其支流亚乌扎河两岸。公元1156年，尤里·多戈尔斯基大公看中此地，在紧靠莫斯科河的小山上建立一座木栅的城堡，称"克里姆林宫"。渐渐在其周围形成一个市镇，取名"莫斯科"。至今，它已有860多年历史。

莫斯科环境优美，莫斯科河从西北流来，绕了一个马蹄形的圈，再汇入伏尔加河。城区就建在七个小山丘上，周边是广阔的森林。

现在的莫斯科面积达一千平方公里，人口近九百万，是欧洲仅次于巴黎的第二大都市。它的城市规划十分出色，以克里姆林宫、红场为中心，一环套一环，放射形地向四周伸展，共有街道四千多条。

莫斯科是历史名城，有古建筑、教堂、博物馆、纪念馆一千多处。

克林姆林宫是俄国历代沙皇的宫殿——现在则是俄罗斯联邦政府的所在地。它始建于公元1156年，最初只是座木造的小城堡，15世纪之后扩建成现在的规模。它周边的砖墙总长2公里多，墙高五至19米，共有18座尖顶塔楼，其中以斯巴斯克塔楼最为高大。

克林姆林宫内除了宫殿，还有教堂和钟楼。

伊凡大帝钟楼高81米，是克林姆林宫内最高的建筑，建于公元1505年至1508年。原本只有三层，1600年又加建了两层，现在是克林姆林宫博物馆。

多棱宫建于公元1487年至1491年。由于宫墙每块石头都有突出的棱角，故以为名。据说宫内极为富丽堂皇，尤以壁画的色彩更艳丽。

圣母大教堂（俄罗斯 · 莫斯科）| 2019 年

 屐痕 | 欧澳掠影 |

圣母升天大教堂是克林姆林宫内最古老的东正教堂，建于公元 1475 年至 1479 年。500 年来，它一直被视为最重要的国家教堂，大公和沙皇都在这里登基，这里加冕。

圣母领报大教堂是沙皇举行洗礼和婚礼的地方，据说里面许多壁画出自名家手笔。

天使长大教堂建于公元 1505 年，是公元 1700 年以前历代莫斯科大公和莫斯科沙皇陵寝的所在地，共有 46 座陵墓。

我去过克林姆林宫两次，限于时间，均未能进去教堂和宫殿参观。

大克林姆林宫原是沙皇的寝宫，公元 1812 年拿破仑入侵时被焚毁，1838 年至 1849 年重建，1934 年又进行改建，现为俄罗斯联邦总统办公室和举行重要会议及会见外国元首的场所，不对外开放。

克林姆林宫大会堂建于 1959 年至 1961 年，有个 6000 多座位的会议厅，也可上演歌剧、芭蕾舞，举行音乐会和放映电影。

钟王铸于公元 1733 年至 1737 年，高 6.14 米，口径 6.6 米，重 201 吨，据称是世界最大的钟。1737 年莫斯科发生大火，当时此钟尚在铸造坑中，救火时将水泼在炽热的钟体上，致使一块 11.5 吨的铜片脱落。那块脱落的铜片如今安放在大钟旁。这是"世界上一口从未敲响过的钟"。

炮王躺在圣母大教堂旁，公元 1586 年铸造，长 5.34 米，口径 89 厘米，重 40 吨，炮架上有精美的浮雕。这是"世界上一门从未发射过的炮"。

红场古称特罗伊莎广场，因用红褐色的石块铺成，17 世纪被改为现名。1918 年后，红场进行大规模改建，成为俄罗斯举行重大庆典的地方。

红场（俄罗斯·莫斯科）| 2006 年

瓦西里升天大教堂（俄罗斯·莫斯科）| 2006 年

列宁墓在红场西侧。1924 年初建时仅是木结构，1930
年才改建为花岗岩和大理石。墓的顶部有个两层平台，是
重要节日国家领导检阅军队和游行队伍的检阅台。列宁的
水晶棺放在地下室。我初访莫斯科是 1998 年，那时列宁是
大家的偶像，去瞻仰他的遗体，得排长长的人龙，足足花
了两个小时。第二次，2006 年再访莫斯科时，去瞻仰列宁
就无须排队了。

瓦西里升天大教堂在红场之南，建于公元 1555 年至
1561 年，由九个大小不一、形态各异、色彩不同的圆顶塔
楼组成。中间一个最高，高达 57 米，由周围 8 个较小的塔
楼如众星拱月般簇拥，错落有序，构成一个完美的整体，
被誉为俄罗斯建筑艺术最卓越的代表。

国家历史博物馆正好与瓦西里升天大教堂遥遥相对，
博物馆建于公元 1872 年至 1883 年，全以红砖建造，屋顶
有八个白色尖顶，好像盖上一层雪，庄严又美丽。博物馆

红场灯饰

莫斯科国家历史博物馆

有 48 个展厅，展出历史文件 420 万件，是俄罗斯藏品最丰富的博物馆。

古姆百货商场亦在红场，面对克里姆林宫，竣工于公元 1888 年，为当时欧洲最大和最豪华的商场。1953 年，古姆百货商场又进行扩建，现在仍是俄罗斯最大的百货商场，占地 25000 平方米，有商店 250 家。它共有三层，顶层以圆拱形玻璃作天窗，白天可利用自然光照明。我第一次 1998 年去莫斯科访问时，店铺虽然都开着，但店内货架上几乎都空空如也。时隔八年再访时，古姆百货商场内全是世界各名牌的连锁店，商品应有尽有，琳琅满目，价格和其他欧洲国家差不多，均贵于香港（香港为免税城市），不是俄罗斯普罗大众能够问津的，因此顾客很少。

麻雀山曾经被称为"列宁山"，山顶是莫斯科大学的

莫斯科大学

新校舍。莫斯科大学是俄罗斯历史最悠久、规模最大的高等学府，现有 17 个系、50 多个专业、3 万多名学生，等于我国的北大加上清华，能进莫斯科大学的都是俄罗斯的拔尖人才。莫斯科大学新校舍占地 320 公顷，有 37 座大型建筑，正中是高达 240 米的 33 层大厦，大厦内 3 万多间房，除了教室、讲演厅和学生宿舍，还有一个拥有 1800 个座位的剧场和体育馆、游泳池。中央大厦之前是大广场，长达八百米，一直伸展至山下。广场中央有个大喷水池，池畔绿草如茵，繁花似锦。

莫斯科地铁是莫斯科的一颗耀眼的明珠，是游客们必到的景点。地铁全长 230 公里，有 150 多个车站，每个车站都有雕像、浮雕、壁画，又个个不同，富丽堂皇，颇若宫殿。地铁建于 20 世纪 30 年代，主持其事的便是当时的莫斯科苏维埃主席（市长）赫鲁晓夫，他的能力令人瞩目，从此扶摇直上。我两次到访，先后参观了五六个车站，果然名不虚传。

圣彼得堡

公元 1703 年，彼得一世夺取了原属瑞典王国位于波罗的海东端芬兰湾东岸的一片沼泽地，他亲自主持，雇佣外国设计师、建筑师和技工，动用数十万军民建造了一座新城。公元 1712 年，这座新城初具规模，命名为"圣彼得堡"。彼得一世不顾贵族、官僚们的竭力反对，把首都从莫斯科迁至圣彼得堡。此后 200 多年，圣彼得堡一直是俄罗斯帝国的首都。1914 年，圣彼得堡曾被改名为"彼得格勒"。"十月革命"后，1918 年苏联把首都又迁回莫斯科。1924 年列宁逝世后，苏联政府把彼得格勒改名为"列宁格勒"。1991 年苏联解体，俄罗斯联邦共和国又恢复了"圣彼得堡"的原名。

圣彼得堡由 100 多个小岛组成，河流纵横交错，由 400 多座桥梁连通，素有"北方威尼斯"之称。其实从规模、格局、气势来论，威尼斯哪里及得上圣彼得堡。

彼得大帝和他的继承人一心想令俄罗斯挤入欧洲强国行列，因而大力推行全盘欧化的政策，建立海军，引进新技术，创建新工业，还下令贵族、官吏一律割去长发，卸下长袍，改着欧洲通行的服饰，并以讲法语、德语为荣。经过 50 多年的努力，到叶卡捷琳娜大帝时这些已基本做到。

叶卡捷琳娜大帝 1729 年出生于一个普鲁士贵族家庭，1745 年她与伊丽莎白女皇的养子（其姐安娜女皇之子）乌尔里奇结婚后，便至圣彼得堡定居。她把原名索菲亚改为俄国名字"叶卡捷琳娜"，皈依东正教，努力学习俄语、俄文。1761 年伊丽莎白女皇逝世，乌尔里奇继位沙皇，即"彼得三世"。彼得三世自幼在普鲁士生活，对俄罗斯毫无感情，并且性情怪僻，做了不少愚蠢的决定，引起俄国皇室成员和贵族们的强烈不满，他们于 1762 年的一次军事政变后废黜了彼得三世，拥立叶卡捷琳娜为沙皇，称为"叶卡捷琳娜二世"。她在位 34 年（公元 1762 年至 1796 年），雄才大略，使俄罗斯进入鼎盛时期。她大力引进欧洲的文化艺术，充实了俄罗斯的固有文化，于是出现了许多伟大的文学家、音乐家和画家。因此，她也赢得了"大帝"的称号。

圣彼得堡许多优秀的建筑均建于 18、19 世纪，几乎都是气势宏伟、装饰华丽的巴洛克和新古典主义风格，唯有基督喋血大教堂是混合拜占庭和俄罗斯的风格，外观与莫斯科的瓦西里升天大教堂相仿，也有许多洋葱式的圆顶。

圣彼得堡如今仍保存大量的名胜古迹，有 548 座宫殿，137 处园林。建于 18 世纪早期的有彼得保罗要塞、彼得保罗大教堂、彼得夏宫，建于 18 世纪后期的有冬宫等，建于 19 世纪的有喀山大教堂等。

彼得保罗要塞由彼得大帝在公元 1703 年 5 月 16 日奠基，这天就被定为"圣彼得堡建城纪念日"，每年都会庆祝。要塞是座呈六角形的碉堡，后来军事作用消失了，1718 年至 1917 年便改成监狱。第一个关入狱中的是彼得大帝之子阿列克谢，因为参与反对其父的阴谋，后来还在狱中被勒死。这座监狱曾囚禁过许多民主人士和革命志士，如车尔尼雪夫斯基、陀思妥耶夫斯基、高尔基，列宁的哥哥乌里扬诺夫也死在狱中。

彼得保罗大教堂有座高 122 米的钟楼，一直是圣彼得堡最高的建筑（21 世纪在市郊建了座高 460 米的建筑，才打破了这个纪录）。彼得保罗大教堂外观朴实无华，内部

冬宫

则富丽堂皇，是彼得大帝以后至亚历山大三世历代沙皇的陵寝。1998 年时还将 1918 年受害的末代沙皇尼古拉二世一家的遗骨安葬于此。

冬宫位于涅瓦河南岸，已历时四代：第一代建于公元 1711 年，是座木结构建筑；10 年后用石料重建，规模也扩大许多，这是第二代；1732 年安娜女皇将冬宫大肆改建，这是第三代；1754 年至 1762 年，伊丽莎白女皇又将冬宫彻底重建，这是第四代，也就是我们今天看到的长 230 米、宽 140 米、高 22 米的 3 层巴洛克风格的冬宫，浅绿色外墙，白色圆柱，屋顶排列着古铜色雕像，庄重典雅。冬宫有 1000 多个厅室。叶卡捷琳娜继位后，她还在冬宫之东又

彼得夏宫

建了座高四层的回廊式建筑,称为艾尔米塔什(这是法语"幽静的地方"意)宫,以收藏她从欧洲买来的古文物和艺术品。"十月革命"后,这里便成立了艾尔米塔什博物馆,或意译为隐士庐博物馆,与法国的卢浮宫、英国伦敦的大英博物馆、美国纽约的大都会博物馆合称为"世界四大博物馆"。

我到过冬宫两次,导游给予参观的时间都只有两个小时,我不愿随大队走马观花,便独自行动,第一次只是观赏欧洲近代绘画,第二次只是观赏古希腊、古罗马的雕像,我已经很满足了。

夏宫又称彼得夏宫,位于市郊芬兰湾南岸丛林之中,1725 年始建,占地八百公顷。宫内花园有一组华美建筑,

彼得夏宫大喷泉

更有大小喷泉两百多座组成的"瀑布群"，中心的水池耸立大力士参孙与狮子搏斗的金色塑像，从狮子口中喷出的水柱高达 22 米。花园内林木葱茏，有十多座精美的雕像耸立其间。夏宫是每位游客必到之处。

皇村与叶卡捷琳娜宫。皇村位于圣彼得堡以南 20 公里，公元 1718 年彼得大帝在此建造一座行宫，以后历代沙皇都不断进行扩建。进入皇村有座长达 200 米的两层楼房。蓝色的墙面，白色的窗框，鲜艳夺目，墙面镶嵌一些栩栩如生的雕像，这便是叶卡捷琳娜宫，供叶卡捷琳娜二世夏天在这里居住、办公，其内部的装潢比冬宫、夏宫更为豪华，其中甚至有一间纯用琥珀装饰的"琥珀厅"。这原是 1716

叶卡捷琳娜宫

年彼得大帝访问柏林时普鲁士国王腓特烈一世赠送的礼物，
以报答彼得大帝打败了普鲁士的宿敌雅典王国。彼得大帝
收到这份重礼后，并没及时安装，后来才由其女伊丽莎白
女皇组装完成。第二次世界大战时，皇村曾被德军占领，
琥珀厅被拆卸，运至德国后便失去了踪影。1979 年，苏联
政府按照原来的图纸重建，经过 25 年才完成了由 12 块护
壁镶板、12 根柱脚组成的"琥珀厅"，总共花了 6 吨琥珀
和大量的宝石。参观叶卡捷琳娜宫有人数限制，每 20 人编
为一组，由工作人员带领参观。每隔 15 分钟才放一组入内，
并且规定参观过程中不能停留，在琥珀厅内更不能拍摄。
我第一次去时未能进入，第二次去时，排了一个多小时的队，

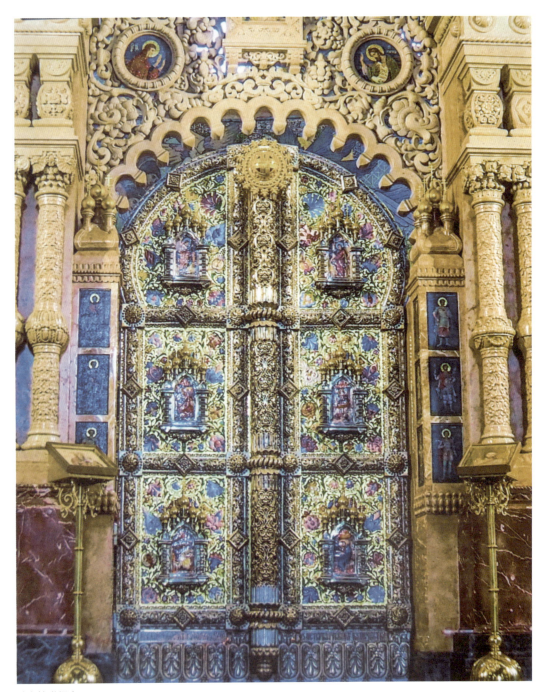

叶卡捷琳娜宫

才得以遂愿。

皇村是俄罗斯文学之父、著名诗人普希金生活、学习过的地方，1937年苏联政府将其改名为"普希金城"，那里完整保存着普希金的故居和就读的中学。

喀山大教堂建于公元1801—1810年，那里供奉着一幅来自喀山的神奇的圣母像。这幅圣母像得自火场，1612年俄军带着这幅圣母像打败了波兰。1812年，俄军统帅库图佐夫元帅也带着它战胜了拿破仑。喀山大教堂位于涅夫斯基大道中间，是座以罗马圣彼得大教堂为蓝本的宏伟建筑，也有一座拱形柱廊。我到过两次，第一次只在外面摄影，第二次教堂正在大修，搭满脚手架，连照片也未能拍。

基督喋血大教堂。公元1881年3月1日，沙皇亚历山大二世（其实他是比较开明的沙皇，解放农奴令便是他颁布的。其在位期间，俄国工商业大发展）在格里鲍耶陀夫运河边被"民意党"分子炸死，继位的保罗二世便在其父遇害处建立了这座融合拜占庭和俄罗斯两种不同风格的教堂。从1883年奠基到1907年竣工，足足建了24年。我也到过这座教堂两次，第一次限于时间只在外边拍摄，第二次去时外部正在大修，架满脚手架，我入内瞻仰。东正教教堂内禁止有雕像，便在壁画、镶嵌、吊灯方面下功夫。基督喋血大教堂是我见过最华丽的教堂。

圣彼得堡有无数精美的雕像，最著名的便是"青铜骑士——彼得大帝像"。大帝骑着骏马，站立在悬崖之上（这悬崖是1块重达1600吨的"雷石"，据说是被雷暴击中从山上滚下的巨石），他的手威严地指向远方。这是法国雕

基督喋血大教堂

圣彼得堡基督喋血大教堂

刻家法尔科内的杰作。"雷石"上还刻着一行字："献给
彼得一世——叶卡捷琳娜二世，1782 年夏。"半个世纪后，
普希金曾在这座铜像前写下著名的长诗《青铜骑士》，因
此这座铜像一直叫作"青铜骑士"。

　　涅夫斯基大道是圣彼得堡最早建的（初建于 1703 年），也是迄今为止最繁华的大道，全长 4.5 公里，宽 20 米至 60 米。它的基本面貌两百多年来一直未变。因为涅夫斯基大道常出现在俄罗斯一些著名的小说里，我有似曾相识的感觉。

　　我两次去莫斯科和圣彼得堡，都是参加旅行团（也只能如此），因此必然是走马观花，委实观之不足，但留下的印象是十分深刻的。

　　俄罗斯教育普及，人们的文化素质较高，待人总是彬彬有礼，亲切热情。我遇到的两位导游，都是英俊的小伙子（俄罗斯青年几乎都是俊男美女，但一到中年普遍都会发福，这也许和他们的饮食有关），前者毕业于莫斯科大学英语系，一口标准的牛津英语；后者毕业于圣彼得堡大学中文系，再至北京大学进修，普通话说得比我们流利。他们各方面的知识十分丰富，尤其对于俄罗斯的历史和文化艺术，有问必答，而且还能说出自己的见解。俄罗斯人非常热爱自己的国家和民族，自傲而不自负。我们在莫斯科时曾至一个烈士陵园瞻仰（这是旅行团的例行节目），见到好几批身着盛装的新人和他们的亲友捧着鲜花在烈士陵园拍照留念，这种事件在其他各国都不可能出现，令人肃然起敬。

　　我生长在上海。中华人民共和国成立之初，实行对苏联"一边倒"的政策，在青年时期，我能阅读的只有俄罗斯的小说和诗篇，我能聆听的只有俄罗斯的音乐和歌曲，我能观赏的只有俄罗斯的绘画和雕塑，好在这些都是世界一流的，可以说我们这一代几乎都是吸吮俄罗斯文化的乳汁长大的，因而必然对俄罗斯有一种特殊的感情。我将永远怀念俄罗斯的两个首都——莫斯科和圣彼得堡。

Mykons & Sontorini
THE HELLENIC REPUBLIC

小憩（米克诺斯）

爱琴海的两颗明珠

希腊的"米克诺斯（Mykons）岛"和"圣托里尼
（Sontorini）岛"是爱琴海的两颗明珠。

落日（希腊米克诺斯） | 2015 年

待客（希腊米克诺斯） | 2015 年

米克诺斯岛

　　巨型游轮驶近米克诺斯岛，远远就望见东边山岗上的五座风车，这五座风车便是它的地标。岛上多风，几乎每个山岗上都有风车，利用风力舂谷、磨粉。但如今剩下的风车不多，都已不再运作，仅作为旅游景点对游客开放。

　　米克诺斯镇就在这五座风车之下，面积不大，镇内的小路蜿蜒曲折，仿佛迷宫；但你不用害怕，因为左拐右弯，一定可以安然走出这个迷宫，这就是它的迷人之处。镇内小街两旁都是餐厅、酒吧和商店，楼上多为住家，也有不少已辟为民宿。我们住过这种民宿，十分整洁，尤其民宿的早餐精美可口，令人难忘。房价则旺季（每年 5 月至 8 月）和淡季（9 月至次年 4 月）会相差成倍。

五座风车

希腊米克诺斯 | 2015 年

米克诺斯镇

米克诺斯一家民宿的客厅

　　小威尼斯区在镇西侧海边，有一排挨着大海而建的屋舍，似乎你来到了意大利的威尼斯。这里集中开设餐厅、酒吧和咖啡馆，白天无客，夜晚便人潮汹涌。

　　白教堂的正式名字是帕拉波尔提亚尼教堂，由四座小教堂组成，为拜占庭风格，清纯无瑕、精美典雅。

　　米克诺斯岛的海滩，全是沙质细软，坡度平缓，滩面宽阔，水质明净，是晒日光浴和进行水上活动的好地方，最著名的是"天堂海滩"和"超级天堂海滩"。天堂海滩游客也可参观，无非是有些健美的少女裸露上身，展示坚挺的双乳。但进入超级天堂海滩，人人必须除去衣衫，肉帛相见。我们只去了前者，对后者不敢问津。

远眺费拉，山顶似乎盖了一层白雪

圣托里尼岛的中心费拉镇

希腊圣托里尼 | 2015 年

圣托里尼岛

圣托里尼岛由一个月牙形的大岛和三个小岛组成，这四个岛原为一体，公元前 1628 年，岛上的火山突然爆发，中心部分大面积陷落，才形成今日的面目。它的面积比米克诺斯岛要大许多，岛上有好几个市镇。

中心市镇费拉在大岛中央的山顶上，政府机构、银行、超市、警察局、消防处、邮局均集中于此，当然更多的是旅馆、食肆、酒吧、咖啡馆和各类商店。

在新码头建成前，从港口至费拉只有一条"驴子大道"，因为道路陡峭曲折，驴子是唯一代步和负重的工具。新码头建成后有"之"字形公路可通往山顶，但"驴子大道"仍然保存，"骑驴上山"是圣托里尼岛一个游览项目；如果你能忍受驴粪的臭味，一定会觉得十分有趣。

伊亚一间餐厅

伊亚的蓝顶教堂

伊亚镇位于大岛西端的断崖上，那里是观赏爱琴海落日的最佳之处。断崖上有不少高低上下、紧挨在一起的白色住宅，多半为艺术家（作家、画家、雕塑家、陶艺家、音乐家）们的居所，那里房价不菲。山顶有条可通汽车的大道，两旁均是布置精美的出售艺术品的商店。

红沙滩在大岛东部，面积不大，因为沙子含有丰富的铁质，呈现一片红色，是圣托里尼岛的一个独特景点。

在大岛西南部阿卡罗提利镇附近，1967 年发现被火山爆发掩埋了 3000 多年的一个市镇的遗址，遗址内的市镇街道井然有序，两旁都是二三层很宽敞的屋舍。由于在屋内没有发现人类和家畜的骨骸和金银珠宝等贵重物品，只有许多大型的葡萄酒瓮和无法带走的壁画，因此学者们断定在火山爆发之前，居民们都已撤走。柏拉图的《对话录》里一再提到古代有个高度文明的国家叫亚特兰蒂斯（Atlantis）。然而迄今为止，一直未能找到这个国家的遗址。因此，有的学者认为圣托里尼岛就是"亚特兰蒂斯国"。至遗址参观要买票，票价不便宜，因此只有我独自购票入场，内子思孟坐在场外的长椅上休息。

我们到访米克诺斯岛和圣托里尼岛共四次，两次是专访，两次是乘巨型游轮去的。这两个岛一直被称为"离天堂最近的地方"，果真如此。

——2023 年 10 月修改旧稿

Istanbul
TÜRKIYE

扼守博斯普鲁斯海峡的古城堡

地跨欧亚的伊斯坦布尔

伊斯坦布尔（Istanbul）是世界上唯一地跨两大洲的都会。贯通黑海和马尔马拉（Marmara）海、博斯普鲁斯（Bosphorus）海峡，将城市分成两半，而1953年建成的大桥又把这两半缀连为一体。伊斯坦布尔地处东、西方的交汇点，两种截然不同的文化传统相互融合，使它既有欧洲的风情，又有亚洲的韵味。

古罗马城墙遗迹

博斯普鲁斯海峡两岸之民居

　　伊斯坦布尔是座有两千多年历史的古城，公元前 660 年希腊人便在博斯普鲁斯海峡与马尔马拉海相交的金角湾（Golden Horn）地区建城，称为拜占庭（Byzantine）。公元 330 年，罗马帝国那位将基督教定为国教的君士坦丁（Constantine）大帝迁都于此，改名君士坦丁堡（Constantinople），公元 395 年，罗马帝国分裂为东、西两国，君士坦丁堡是东罗马帝国的首都和东正教的中心。公元 1453 年，原居中亚细亚，信奉伊斯兰教的土耳其族首领穆罕默德二世（Mehmet Ⅱ）攻陷君士坦丁堡，灭掉东罗马帝国，建立奥斯曼帝国（Ottoman Empire），又把君士坦丁堡改为伊斯坦布尔，作为其首都。在中世纪，奥斯曼帝国乃是首屈一指的强国，地中海沿岸欧、亚、非三大洲的广大地区都划入了它的版图。公元 1923 年，凯末尔·阿塔图尔克（Mustafa Kemal Ataturk）领导的革命推翻奥斯曼王朝，建立了土耳其共和国，才将首都迁往安卡拉（Ankara）。伊斯坦布尔在长达 1600 年间先后作为三个强盛帝国的首都，留下许多珍贵的古迹与文物。它的旧城区和罗马一样

重现人间的基督教圣像

是一个巨大的露天博物馆，一本打开着的史诗。在众多的古迹中，最有代表性的是两庙、两宫。

圣索菲亚教堂（圣索菲亚博物馆，Ayasofya Museum）最初由君士坦丁大帝在公元 325 年建造，后来屡毁屡建，现存的为查士丁尼（Justinian）大帝在公元 537 年所建，已经屹立了 1460 多年。在公元 1626 年建成罗马圣彼得大教堂之前，圣索菲亚教堂不仅是基督教，还是世界上最大的宗教建筑。外墙浅红色，带有扁圆形拱顶的圣索菲亚教堂一直被视为拜占庭风格的代表性建筑。圆拱顶的直径达 31.5 米，拱顶离地面高达 55 米，大厅长 77 米、宽 75 米，可容纳上万人。在当时的条件下，能建成如此宏伟的建筑，实在是个奇迹。站立大厅中央，举头仰视高大的拱顶，顿时觉得自己的渺小，自然产生一种神秘的崇敬之情。这便是世界上所有的宗教总是力求把它的殿堂建得高大雄伟的原因。公元 1453 年江山易主后，穆罕默德二世立即下令在索菲亚教堂外围的四角加建四座高耸的宣礼塔，将它改为清真寺。公元 1923 年革命胜利后，凯末尔·阿塔图尔克总

蓝色清真寺（土耳其伊斯坦布尔）| 2015 年

统英明决定将它辟为圣索菲亚博物馆，任人参观。20 世纪 50 年代大修时，清除内墙覆盖的泥灰，使金光灿烂的精细基督教圣像画又重现人间。

　　蓝色清真寺（Blue Mosque）的本名是苏丹艾哈迈德清真寺（Sultan Ahmet Mosque），因其内壁装饰大量青蓝色的瓷砖，故俗称蓝寺。这是奥斯曼帝国的苏丹艾哈迈德一世（Ahmet I）在公元 1609 年下令建造的。他立志要建一座比圣索菲亚教堂更加雄伟壮丽的清真寺，但 9 年后完竣的蓝寺其圆拱直径（23.5 米）、拱顶高度（43 米）、厅堂面积（长 72 米、宽 64 米）仍然比圣索菲亚教堂小了一号。两座一红一白的教堂紧挨一起，可谓珠联璧合，相得益彰。

蓝寺

　　托普卡帕皇宫（Topkapi Palace）又称旧皇宫，这是东

托普卡帕皇宫之后花园

托普卡帕皇宫之大宫门

罗马帝国的征服者穆罕默德二世在公元 1470 年建造的，后世的苏丹又不断改建、扩建，其拥有朝见厅、议事堂、清真寺、诵经室、大厅房、侍卫住所等各类建筑。妃嫔所居的后宫另成院落，以宫墙隔离。托普卡帕皇宫位置极佳，处在金角湾半岛顶端的山坡上，面对浩瀚的马尔马拉海。高高的宫墙，大宫门又耸立两座尖塔形碉堡，似兵营多过皇宫；本来"托普卡帕"（Topkapi）土耳其词义便是"火炮之门"，这充分体现了奥斯曼帝国的尚武精神。

托普卡帕皇宫现辟为博物馆，陈列大量当年皇室用品和各种珍贵收藏，其中有世界上最大的翡翠（重 3260 克）和第二大的钻石（重 86 克拉）及纯金的宝座。值得一提的是，它拥有我国明、清时代的青花瓷，其数量之多、品质之优，不下于故宫博物院、上海博物馆。

多玛巴切皇宫（Dolmabahce Palace）也称新皇宫，位于博斯普鲁斯海峡西岸的新城区，这是三十一代苏丹阿图曼（Abdulmecit）在公元 1843 年至 1856 年建造的。这是一座完全欧化的宫殿，甚至内部陈设也没有伊斯兰教的痕

多玛巴切宫皇家码头

多玛巴切宫接见大厅

多玛巴切宫内楼梯

铜器铺

迹，其奢华程度更超过法国和奥地利的皇宫。为了建造一座美轮美奂的皇宫，几乎耗尽了奥斯曼帝国的国库，加速了其走向灭亡的过程。不肖子孙败坏家国，无过于此，多玛巴切皇宫也已辟为博物馆。

在伊斯坦布尔，除了"两庙""两宫"，还有一处游客必到的地方，便是"大集市"（Bazaar）。这是个室内商场，始建于公元1461年，经过500年来不断扩充，商场的面积达3万平方米，纵横交错许多街巷，两旁是超过4500家店铺出售地毯、皮革、陶瓷、金银首饰乃至衣服、食品，琳琅满目，应有尽有。若识得货色，懂得还价，定可买到心爱之物。

伊斯坦布尔虽然不再是土耳其的首都，但无损它作为全国第一大都会和最大的经济、贸易、文化、交通中心的地位。土耳其是一个发展中的国家，伊斯坦布尔也是一个发展中的城市。市区不断拓展，到处大兴土木，如雨后春笋般突然冒起的高楼大厦正与上千座清真寺的宣礼塔争比高下。全市人口在公元1982—1997年的15年间由600万猛增至1200万，占全国人口总数的1/5，增幅达1倍之多，而且还在不断增加。土耳其法律上已不再把伊斯兰教定为国教。伊斯坦布尔居民95%以上是伊斯兰教徒，他们相当开放，对外国游客十分友善热情。大多数居民生活并不富裕，但乐天知命，怡然自得。

伊斯坦布尔，真是一座活力充沛之城，一座魅力四射之城！

—— 思孟撰文

下午茶（珀斯皇冠酒店）

澳大利亚的西南角

　　四万年前，就有亚洲人乘坐木筏漂洋过海到澳大利亚定居，这便是当今土著的先祖。公元 1770 年，英国海军军官库克率领船队在澳大利亚东海岸登岸，宣布其为英国领土，在此之前欧洲无人知晓万里之外有这一大片土地。公元 1788 年起，英国大肆移民澳大利亚，100 年后新移民驱赶和屠杀土著建立了一些城镇，各地的城镇纷纷成立自治政府。公元 1901 年，英国便把这些自治政府组合成"澳大利亚联邦"。1931 年，更宣布它是英帝国联邦内的一个独立国家，国家元首是英国国王（女王），由其委任的总督作代表，而政府则由民选的总理领导。

　　澳大利亚地大物博，面积达 750 万平方公里，次于俄罗斯、加拿大、中国和美国，居世界第五位。它中、西部占国土面积 75% 以上，多为沙漠和半沙漠，地底下有极为丰富的矿藏，其中铁、铅、锌、铜、金、铀、镍等储量均居世界前列，还有大量的煤炭、石油，所以澳大利亚被称为"坐在矿车上的国家"。此外，凡能长草的地方，现在都辟为牧场、农庄。还是小麦、大麦、油菜、水果和牛羊世界最大出口国，尤其羊毛的产量更是稳居世界首席，故又有"骑在羊背上的国家"之称。澳大利亚人口稀少，不到两千万，不及日本的东京、中国的上海或北京。澳大利亚国家富强，人民丰足，并且阶层对立、种族冲突均不明显，被认为是当今世界上的"人间天堂"。

澳大利亚东部临太平洋的狭长地带，地势平坦，空气湿润，四季如春，一些大城市，如悉尼、墨尔本、堪培拉、布里斯班等都在那里，全国 85% 以上的人都在那里生活。东面太平洋沿岸有一片美丽的沙滩，是进行各项水上活动的好地方。西面则有一条高峻的山脉，终年森林茂密，百花盛开，风景绝美。加上太平洋上更有举世无双的大堡礁，因此每年吸引世界各地的游客近两千万，几乎比澳大利亚全国的人口还多。

2006 年，思孟和我初访澳大利亚，限于假期，我们参加的是四天团，只到了布里斯班（Brisbane）和悉尼（Sydney）两个城市，原本还要游大堡礁（Great Barrier Reef），因天气突变，太平洋风浪大作，未能成行，憾甚。初访只是惊鸿一瞥，已使我们留下难忘的印象。

时隔 13 年，2019 年 12 月，我们打算再访澳大利亚，改去游客较少，不那么挤迫，不那么嚣闹的西南角珀斯（Perth）地区。思孟因为怕热、怕累，报名前打了退堂鼓，我只好一人独往。我参加的是永安旅行社举办的西澳大利亚八天游。

珀斯酒店的圣诞灯饰

(D1) 第一日，12 月 8 日星期日，香港—珀斯，晴。

　　12:05 在机场集合，团友 30 位，领队吴小姐。搭乘国泰航空 CX171 航班，15:26 起飞，22:40 降落珀斯国际机场，两地相距 5000 公里，足足飞了 5 个多小时。珀斯和香港都处于东经 115°，因此两地没有时间差。23:50 入住珀斯五星级的 Parmelia Hilton 酒店。

　　珀斯是个年轻的现代化都会，1829 年才建成，因周边有许多高产的矿区，建设发展很快，现有人口 110 万，是澳大利亚第四大城，还是西澳大利亚州首府。市区范围很大，横跨天鹅河（Swan River）两岸，林木葱茏，风景秀丽。它不像东海岸一些城市那样挤迫、嚣闹，而且地价也相对便宜，因此许多富豪都在此建造豪华的度假别墅，并且一些退休的中产阶层人士也会买屋养老。珀斯是世界上最孤立的城市之一，距离较大的南澳大利亚首府阿德莱德（Adelaide）市也有 2400 公里，比从香港去北京还远。

(D2) 第二日，12 月 9 日星期一，珀斯—杰拉尔顿，晴。

　　9:45 出发，北上去六百公里外的杰拉尔顿（Geraldton）。出了珀斯市区，两旁是茂密的灌木林，一望无际。11:40 前方出现一个银白色沙丘，那是一个著名的滑沙场。我们抵达时，停车场已停泊了 20 多辆大小车辆。领队吴小姐给团友们租用滑板（两人一块），让大家体验从沙丘上飞速滑下的乐趣。天气酷热，我没有滑沙，只拍了几张照片，便上车休息。

珀斯的皇冠酒店

我们在一家叫 Dunes 的餐馆午餐。餐厅正对浩瀚的印度洋，近处碧绿，远处蓝得发紫，白色的浪花界别紫衣、绿裳，色彩之鲜艳，他处罕见。

饭后继续北上，接近杰拉尔顿时，车窗外的灌木林已变成了大牧场，牛、马、羊都在悠然食草。

18:00 抵达杰拉尔顿镇，它位于一个叫 Champion Bay 的海湾，湾内风平浪静，是进行各项海上活动的好地方。小镇居民不到 4 万，几乎都从事旅游、餐饮业。我们连续两晚入住叫作 Aaldorf Geraldton Servied Apartments 的度假别墅。别墅有数十栋联排平房，每栋两个套房，客饭厅内有个开放式厨房，适宜一家人度假。我一人便住了一间套房。由于我们不开伙，得步行五分钟去海滨一家餐厅用早餐和晚餐。

杰拉尔顿

(D3) 第三日，12月10日星期二，杰拉尔顿—卡尔巴里国家公园—赫特潟湖—杰拉尔顿，晴。

9:00 出发，两小时后抵达卡尔巴里国家公园（Kalbarri National Park），公园面积达1800平方公里，有一个半香港那么大。一进公园便是一条长18公里赭红色的环形峡谷，这是远古时期一条大河，至今谷底仍有涓涓细流。在峡谷的峭壁有个风蚀大洞，叫"自然之窗（Nature's Window）"，大家都轮流在洞前摄影。

12:20 上车至公园另一头海滨处的餐馆午餐。饭后参观附近一个著名景点"海岛石（Island Rock）"，这是孤悬海中的一块巨石，本是和陆地连在一起，千万年的海水侵蚀，才使它们分离。

14:10 告别卡尔巴里国家公园返杰拉尔顿，中途司机特别弯道带大家去赫特潟湖（Hutt Lagoon），它也叫"粉红湖（Pink Lake）"，湖水呈粉红色，因湖中生长一种特别的藻类，颜色深淡则视阳光而定，今日显得较淡。明日我们会乘坐小型飞机俯视这个"粉红湖"，那是空中版，今日是特别加码的地面版。

18:00 返回杰拉尔顿，在一家商场的三楼餐厅用晚餐。19:00 回到住处。

(D4) 第四日，12月11日星期三，杰拉尔顿—龙虾工房—南邦国家公园—珀斯，晴。

8:00 去杰拉尔顿机场，9:45 大家分坐五架小型飞机，驾驶飞机的全是来自台湾、香港的华裔机师。在空中漫游

卡尔巴里国家公园的河谷

粉红湖（杰拉尔顿）

尖石阵（南邦国家公园）

一个小时，俯瞰"粉红湖"，与昨日所见完全不同，由红、白、绿三色相混的湖面仿佛是一幅抽象画。这种特殊的海藻，营养价值很高，可制成营养食品。

11:00 告别机场再上旅游巴士，12:50 到达海边的一家龙虾工房（Lobster Shack），先看捕捉龙虾的电视，再参观工房内自动化的清洗，分类龙虾。用午餐时，我们每人可食半只芝士焗龙虾。

14:15 出发去南邦国家公园（Nambung National Park），

15:00 抵达。公园的沙漠中有数以千计大小不一的石柱，大的高达五米，小的只有数厘米，排列有序，好似古代将军沙场点兵布阵。这是冰河时期大自然的杰作。烈日难挨，乌蝇（大苍蝇）扑面，未能多待，也无法好好拍摄。

16:00 登车返珀斯。18:30 抵达新落成的五星级皇冠酒店（Crown Netropol）。酒店规模很大，比香港同级酒店豪华，我们会连续入住三晚。

国王公园三人合抱不交的大树

可爱的树熊——考拉

（D5） **第五日，12 月 12 日星期四，珀斯，晴。**

10:00 出发，今天均在珀斯市内观光。10:30 抵达由一家四口经营的叫 The East Solon 的蜂蜜店。男主人是研究桉树花蜜的博士，年幼的一子一女均不去学校，在家由父母授课。

12:00 至近郊的天鹅谷，在一家叫 Mandoon Estate Winery 的酒庄用午餐。

13:45 抵达卡弗沙姆野生动物园（Caversham Wildlife Park），动物园极大，我们只能参观部分。团友们先和澳大利亚国宝树熊、袋熊合影留念，再参观牧羊、剪羊毛等表演。今日天气酷热，阴凉处亦高达 39℃。

返途至河边山顶的国王公园（King's Park）隔河远眺市中心商业区。公园内有棵三人合抱不交的大树（恕我寡闻，不知是什么树），给我很深的印象。

18:30 至一家百年老店瑞典餐馆用自助晚餐。19:30 返酒店休息。

约克镇

约克镇

波浪岩

D6 **第六日，12 月 13 日星期五，珀斯—奥尔巴尼—珀斯，晴。**

今日提早在 7:30 出发，因为要去东南方 320 公里的奥尔巴尼(Albany)，参观被誉为世界第八奇迹的波浪岩(Wave Rock)。这是自费项目，每人要付 230 澳元。

8:50 途经只有五百居民的约克镇（York Town），那里保存一些典雅的英国维多利亚时期的建筑，因而成为一个热门的旅游景点。

12:20 观赏途中经过的"河马石"，这是一块巨石，状似河马在打哈欠，当然这得加上几分想象。

12:40 至一家乡村饭店用半自助餐。餐厅陈列杂乱无章，倒有一些野趣。

13:30 就到了附近的"波浪岩"，这是一块高 15 米、宽 100 多米的巨大花岗岩，经过 6000 多万年风雕雨琢形成一个席卷而来的滔天巨浪，气势慑人，令人叹为观止。

珀斯的天鹅钟楼

14:50 途中停车，进入一个岩洞，观赏土著先民留下的壁画，可惜年代久远，已不很清晰。

19:30 返酒店。今晚自费用餐，我去了麦当劳。

(D7) **第七日，12 月 14 日星期六，珀斯—曼哲拉—弗里曼图—珀斯—香港，晴。**

9:50 出发，南去曼哲拉（Mandurah），车行一小时，那里有个南北向的狭长形的果皮内海（Reel Intet），它只有一个小口与大西洋相连，不时有海豚出没。四周都是豪华的酒店、公寓和带有码头、游艇的私人别墅。我们乘坐游艇，在内海漫游。12:00 登岸至岸边叫 Cicerello's 的餐馆用著名的"炸鱼餐"。

13:15 登车向北回程，一个小时后抵达建城比珀斯早几个月的海港城市弗里曼图（Fremantle）。因为保存有殖民时期风貌，这里也算是个热门景点。

17:00 上车返珀斯市区，参观不久前落成的新市标天鹅钟，高高的玻璃尖塔算是天鹅长长的脖子，两边各有一块的金属板算是天鹅的双翼。内部则是钟表博物馆（我们没有入内参观）。

19:00 至珀斯，据领队吴小姐说去一家最好的中餐馆"顺德酒楼"用"最后晚餐"。团友们几乎每人都享用了约 600 港币一只的鲍鱼，只我未食，不是为了省钱，而是我不爱食鲍鱼。

20:45 抵达珀斯机场，23:30 进入候机厅。乘坐次日国泰航空 CX170 航班返香港。

珀斯新市区

（D8） 第八日，12 月 15 日星期日，珀斯—香港，晴。

　　0:20 航班起飞，经过七个半小时飞行，7:50 安全降落香港赤鱲角机场。8:30 乘坐出租车返家。

　　这次去澳大利亚西南角，正碰上五十年一见（上次是 1974 年）的热浪，连续十多天每天最高气温超过 40℃。我们每天顶着烈日游览，十分辛苦，但见到未曾见过的自然风光和奇花异兽，便觉得不虚此行。

美國印象

国会大厦。许多国家的议会大厦均仿它建造。每天对外开放，即使会议期间，也可通过一定手续参加旁听

风韵犹存的华盛顿

黎明，站在林肯纪念堂的台阶东望，宪法庭园弥漫着一片乳白色的晨雾。须臾，太阳升起，浓雾渐渐消散，高耸的华盛顿纪念碑和国会大厦巨大的圆顶次第呈现，在长达三公里的主轴线上，只有这三座建筑物和其间的草坪与水池，两旁则是参天的乔木。好大的气魄，好大的威势！

美国首都华盛顿，正式名称是华盛顿哥伦比亚特区，它是按照周密的规划，在 1791 年破土兴建的，以体现世界上第一个民主共和国的理想、信念、胸襟和决心。华盛顿没有高楼大厦、奢华的商铺、嚣闹的声浪与恶浊的空气，它有的是宽阔整洁的街道、庄重典雅的建筑，多的是绿地、水池、雕像和博物馆。总统官邸（白

华盛顿纪念碑高 166 米，为华盛顿最高的建筑，也是世界上最高大的石造塔，可采用楼梯或电梯登上顶端。纪念碑没有半点装饰，只在内部壁面镌刻建碑的缘起

国会大厦

杰斐逊纪念堂

美国国家美术馆的现代雕塑作品

肯尼迪中心,集歌剧院、演剧场、音乐厅、电影院于一体。上午十时至下午一时常有演出,免费招待欣赏者

波多马克河畔的"巨人公园",被活埋的巨人向天呼号!

宫),国会议堂、国防部、联邦调查局等政府机构均向公众开放,任人参观。各类博物馆更热情接待参观者,不收任何费用。这些都是举世无双的。

　　光阴飞逝,美国的黄金时代已经过去了,首都华盛顿也深受政治丑闻、财政拮据、贫民陡增、治安不宁等困扰,失去了原先的青春活力,唯风韵犹存。

—— 原载香港《相机世界》第 220 期

太平洋上升起云雾，慢慢向东飘来，海水出奇的湛蓝，海风更猛烈了，海面出现白色的浪花。海潮接连涌来，"卷起千堆雪"

蒙特利湾与"十七哩路"

　　从旧金山（三藩市）驾车沿一号公路南下，不久右边出现烟波浩淼、海天一色的太平洋，从岸边直线向西，数千公里内不见陆地。时值盛夏，这里的气温只有16℃，迎面扑来的风稍带寒意，但长滩上竟然出现勇敢的弄潮儿。

　　继续前行便到了蒙特利湾（Monterey Bay），岸线曲折，礁石嶙峋。太平洋升起一片云雾，慢慢向东飘来，海风越来越猛烈了，海面出现白色的浪花，海潮接连涌来，冲击礁石，"惊涛拍岸，卷起千堆雪"。

　　附近有一间别墅式的餐馆，叫岩地馆（Rockland Rest.），占据了极佳的位置。面海有一排落地大窗，就餐者一边品尝佳肴，一边欣赏大自然的美景；当然在这

岩地馆之户外

谁是第三者？太平洋上的海鸟。金黄色的大藻围绕着它们，不知怎的，一对情侣，出现了第三者

户外岩地长满一种不畏寒冷的多肉类植物，红绿相间，有的还开放奶黄的花朵，远远望去，恰似给大地铺上精致瑰丽的波斯地毯

里用膳，价格亦较昂贵。户外的岩地上长满一种不畏寒冷的多肉类植物，红绿相间，有的还开着奶黄色花朵，远远望去，恰似给大地铺上了一块精致瑰丽的波斯地毯。

海湾南端有一凸出的半岛，即蒙特利半岛。半岛上的"十七哩路（17 Mile Drive）"是一个州立公园，占地很广，由北向南沿着海岸修建的观光公路长达十七哩，是以命名。虽是州立公园，却也划地卖给私人修建豪华的宅邸，有些房屋已有近百年历史，有的正在修建中，新主人多为日裔人士，这也反映美日两国的经济实力，此消而彼长。

"十七哩路"集中了蒙特利湾的精华，以海滩、礁石、古松著称。有一块南北横卧海中的大礁石叫"鸟岩（Bird Rock）"，远远望去，这块白色的岩石好像一个奶油蛋糕，而蛋糕上还撒满"芝麻"，这些"芝麻"居然还会不时移动，原来这是在岩石上栖息的海鸥。岩石北端有几处棕黄色的斑块，好像蛋糕上的巧克力，这便是正在沐浴

蒙特利海湾的礁石

阳光、享受生活的海狮。海狮与海鸥和平共处，各不相犯，
悠然自得。

　　"十七哩路"最出色的是一片生长在海边的松林，
有的是数百岁的老寿星，合抱不交，姿态迥异。由于长
年受太平洋的强风侵袭，松枝皆东指，唯躯干挺立，铁
骨铮铮。这是勇士的象征，这是生命的颂歌。

高龄数百岁的古松，合抱不交

——原载香港《相机世界》第212期

Yosemite

诸峰远眺，左边是壁立千丈的船长峰（EL CAPITAN），右边是三兄弟峰（Three Brothers），最远处是半圆顶峰（Half Dome）

雄奇的约塞米蒂

壁立千尺的船长峰

半圆顶峰（Half Dome）

约塞米蒂（Yosemite）是美国最著名的三个公园之一（另两个是大峡谷国家公园和黄石公园），位于内华达山脉（Sierra Nerada）西麓，在旧金山（三藩市）以东 280 公里处，车程约 4 个小时。

约塞米蒂公园方圆 3100 平方公里，比香港大 3 倍，以悬崖峭壁、飞瀑清泉、参天巨木著称，它的精华集中在约塞米蒂河谷（Yosemite Valley）一带。这是一个东西走向长约 10 公里、宽约 1.6 公里的 "U" 字形大山谷，是冰河时期的冰川运动侵蚀造成的。东、南、北三面耸立花岗岩的悬崖、奇峰，著名的有半圆顶峰（Half Dome）、船长峰（El Capitan）、三兄弟峰（Three Brothers）、教堂尖顶峰（Cathedral Spires）等，都似刀削斧劈一般，几乎与地面垂直，由山脚至峰顶的相对

遥看瀑布挂前川

高度均在 1000 米左右，气势异常雄伟。当你站在山脚，举头仰望，只见石壁不见天，不由得会产生一种惊悚之感，担心石壁会突然倒下。那天有两位勇敢的登山运动员正身贴船长峰陡峭的石壁往上爬。我通过摄影机望远镜头观看，在半山腰的两个人不比蚂蚁大，万一失足，必成千古恨。

在诸峰的巉岩间高悬无数飞流直下的瀑布，著名的有约塞米蒂瀑布（Yosemite Falls）、内华达瀑布（Nevada Falls）、青春瀑布（Vernal Falls）、新娘面纱瀑布（Bridal Veil Falls）、绶带瀑布（Ribbon Falls）等，其中约塞米蒂瀑布高达 740 米，是世界第二高的悬瀑。每当春来，

千年老寿星，巨大的加州红杉（作者与其子）

千年老寿星，巨大的加州红杉

山雪融化，白练遥挂，空谷传响，最为壮观。

瀑布下泻的水汇成溪流，便是梅赛德河（Merced River）的源头。梅赛德河贯穿约塞米蒂河谷，从东向西流，有些地方窄些，清流急湍，水声潺潺；有些地方宽些，形成明澈宁静的湖泊，倒映群峰的倩影。由于河水的滋润，两岸树林茂密，间中有片葱翠的草地，每天清晨或傍晚，可以见到麋鹿在那里用餐。谷地里的树除了松柏，还有枫、橡、槭、杨，入秋后层林尽染，红紫黄绿，艳若春花。冬日，山岳、树木都裹上银装，河水停止欢唱，鸟兽也绝少光顾，万籁俱寂。

雄奇瑰丽的约塞米蒂，朝夕迥异，四时不同，每年吸引上百万来自世界各地的游客。

举世闻名的摄影大师亚当斯更对约塞米蒂一往情深，曾在那里居住十年之久，他的许多杰作都在那里诞生。

然而，约塞米蒂河谷只是整个约塞米蒂公园的一个景观，其所占面积还不到百分之一。另一个游客必至的就是马里波萨树林（Mariposa Grove），它位于公园南部，那里方圆一平方公里内长着数百棵著名的加州红杉（Sequoia 或称 Redwood），这是世界上最大的生物，每棵树的直径在 10 米左右，最大的一棵直径达 11.4 米，十几个人也合抱不交，红杉的树干挺直，上插云霄。进入了红杉林，每个人突然觉得自己成了侏儒。加州红杉也是世界上最长命的生物，有的树龄已过 3000 年！在这些老寿星面前，人的生命显得多么短暂！

——原载香港《相机世界》第 212 期

Oahu

建于一木成林大榕树下的国际商业广场（International Market Place）

太平洋的项链

　　夏威夷群岛是美国的第 50 个州。130 多个从西北向东南的岛屿，恰似悬挂在太平洋脖子上的一串项链，其中 8 个大岛各具特色，便是项链上 8 颗晶莹瑰丽的宝石，闪烁迷人的光彩。

　　瓦胡（Oahu）岛是第三大岛，面积 1574 平方公里，凭借 2 个罕有的深水良港（火奴鲁鲁港和珍珠港），19世纪后期逐渐兴旺，终于取代了先是夏威夷（Hawaii）岛，后是茂伊（Maui）岛的主导地位，现在的州政府便设在瓦胡岛的火奴鲁鲁（Honolulu）市，它的中国名字叫"檀香山"，因为历史上这里曾向中国输出大量的檀香木。

　　瓦胡岛气候宜人，虽然是四季长夏，但只是暖热而非酷热，整天有海风习习拂面，十分惬意。此地有崇山峻岭、茂林芳草，更有碧海蓝天、白浪黄沙，是游泳、冲浪的好地方。世界闻名的威基基海滩（Waikiki

浪漫而不轻佻的夏威夷歌舞

Beach）在瓦胡岛的南部，终年挤满嬉水的人群。岸边高层公寓、旅馆林立，有许多高档的酒吧、餐馆。附近还有一个建于一木成林的大榕树下的固定集市，叫"国际商业广场"，十分别致。

瓦胡岛的居民共 80 万，占全夏威夷州人口的 80%。岛上的居民都热情友善，见面必呼"阿罗哈（Aloha）"，这是问候与祝福的美词。导游及司机都娓娓善谈，历数小时无倦色，当然也想博取少许小费。瓦胡岛的原居民是波利尼西亚（Polynesian）人，现在只占五分之一，而且多数已混杂了其他血统。他们多才多艺，所擅长的木雕、印染、编织工艺都很精美，男女老幼均能歌善舞。夏威夷的歌舞脍炙人口，豪放而不粗野，浪漫而不轻佻。在波利尼西亚文化中心每晚都有演出，偌大的剧场可容纳上万名观众，座无虚席，一票难求。

波利尼西亚文化中心剧场演出的"大溪地舞"

　　我们这次去时正遇上 6 月 11 日的"卡美哈美哈（Kamehameha）节"，纪念夏威夷王国的创立者，依照传统会在火奴鲁鲁市举行盛大的巡游，州长、市长等政要和各类选美活动获胜的佳丽，或乘坐花车，或骑着骏马，出现于巡游的行列。街道两旁便是倾城而出的市民和游客，人数多达数十万，气氛异常热烈。

　　要遍游夏威夷诸大岛非阅月不可，笔者此次仅逗留一周，连一个瓦胡岛也观之不足。"观之不足由他缱，便赏遍十二亭台是枉然。"（《牡丹亭·游园》）

——原载香港《相机世界》第 221 期

生命比死亡更顽强

由瓦胡岛的火奴鲁鲁（檀香山）市搭飞机至夏威夷岛的科纳（Kona）市，只需半个小时。科纳的机场不小，但候机、下客、购物、饮食都设在一个木顶的大凉亭内，颇为趣怪。

乘坐旅游巴士出了机场，极目四野都是黝黑的泥块，不见寸草，仿佛我们返回到混沌初开的洪荒时代。南行十余公里，在黑泥块中出现一簇簇灰白的茅草。这些都是火山劫余的景象。

整个夏威夷群岛都是地球火山运动的产儿，数百万年前，130多个大小岛屿，依次由西北向东南排列，随着雷鸣般的啼哭，裹着烈火的胎衣，相继从海底诞生。童年，他们都爱嬉闹；成年，变得温文尔雅，并殷勤作奉献；晚年，他们身躯伛偻，发脱齿摇，植被消失，岩石风化，最后悄悄死去，归葬出生的大海。

夏威夷岛处在群岛的东南端，面积最大（达1万平方公里），超过其他各岛的总和，故称"大岛"，但却是最后出世的小弟弟，它至今仍有火山活动。

在波利尼西亚人的传说里，夏威夷岛是火山女神佩丽（Pele）的领地。佩丽常幻变为龙钟老妇或妙龄少女，向人们提出各种需求。若要求不能满足，她便会生气，使高山喷发烈焰，汇成火的河流滚滚而下，烧红大地，映红天空，吞噬家园和田野，向人们报复。这种情形每隔几年就会发生。

游客们到了夏威夷岛一定会登上夏威夷火山国

大火山口的小火山口，淡黄色的硫磺烟正冉冉升起

丛兰

家公园，站在 1300 米高的基拉韦厄火山口（Kilauea Crater）的边缘，希望能看到底下的佩丽女神在发怒。非常遗憾，笔者此行，女神正在休息，听不到咆哮声，见不到冲天火，唯有乳白色的水蒸气和淡黄色的硫磺烟在火山口的隙缝冉冉升起，渐渐与天空中的彩云融合。基拉韦厄火山口直径 10 公里，大火山口中又有几个小火山口，在夜晚月色下，很像月球的表面。火山喷出的岩浆，冷却时凝成板块状、蜂窝状、纽绳状，千奇百怪。由于含有铁质，初时纯黑，后转橙黄，起先岩石上没有任何生物，经过若干年阳光与雨水配合劳作，坚硬的岩石逐渐风化，表面便会长出地衣。又经过若干年，岩石变成了泥块，灰白色的茅草便覆盖四野。再经过若干年，茅草就被浓密的灌木替代，并且高大的乔木也开始出现在灌木丛中。烈火摧残生命，而生命比死亡更顽强，生命终于战胜了死亡！

大岛上重建的忏悔所，犯罪的人到此忏悔，便可获得宽赦

千层鹤顶兰

火山泥饱含植物生长所需的各种矿物营养，所以夏威夷群岛几个大岛都有茂密的森林，品类之盛冠于全球，而且从世界各地移植来的品种往往比原产地长得更好。开垦后的土地种上经济作物，收获也极为丰富，拉奈（ Lanai ）岛、茂伊（ Maui ）岛、瓦胡（ Oahu ）岛的菠萝，夏威夷（ Hawaii ）岛的果仁和咖啡都举世闻名。也许，这是佩丽女神向人们的赎罪。

—— 原载香港《相机世界》第 222 期

Lake Tahoe

情系塔霍湖

  塔霍湖（Lake Tahoe）位于加利福尼亚州与内华达州之间，前者占三分之二，后者三分之一。"塔霍"系原居民印第安人取的名字，正确的读音应是"Do-Wo"，其音其义恰与我国江浙地区的"大湖"相同，值得人类学家、语言学家好好探究。

  塔霍是个名符其实的大湖，其状似动物的肾脏，南北 35 公里，东西 19 公里，方圆 114 平方公里，比我国的太湖小许多，难怪一称"大湖"，一称"太湖"。塔霍系内华达山脉群峰融雪汇成的高山湖，海拔 1900 米，湖深逾 300 米，湖底铺满灰白色的砂粒，无芰萍荇藻之属，显得异常清澈，游鱼、细石历历可数。白天，塔霍湖倒映群山上的苍松翠柏，夜晚没有一颗星星能躲避她的拥抱。

  环湖诸峰修筑了不少滑雪场，著名的斯寇谷（Squaw Valley）滑雪场，20 世纪 60 年代曾举办过冬季奥运会。湖畔有许多网球场、高尔夫球场。广阔的湖面可以进行各类水上活动。加上内华达州开放赌禁，距湖 40 公里的里诺（Reno）市乃著名赌城，与拉斯维加斯市、大西洋城鼎足而立。因此塔霍湖每年吸引上百万游客。

  湖区风景优美，文体娱乐设施齐全，空气和水质了

迷人的小岛

夜幕悄悄降临

无污染，并且内华达州还豁免地方入息税，因此东北部属于内华达州的英克兰姆村（Incline Village）便成为富豪们的集居地，散落在湖畔、山巅、林间的屋舍多用松木构建，与周围环境十分融合，但室内的设置、装潢则尽善尽美。

往年每到10月，塔霍湖区便会换上洁白妖娆的冬装，今年异常，27年来雪姑娘第一次爽约，直至11月下旬仍未见她的芳踪。缘悭一面，不免怅怅。

——原载香港《相机世界》第 227 期

Long Wood Gardens

杜邦故居

圣诞时节的长木公园

　　长木公园（Long Wood Gardens）位于美国宾州（Pennsylvania），已有二百多年历史，原是大富豪杜邦家族的私人庄园。1954 年，皮尔·杜邦（Pierre S. Dupont）逝世，遗嘱把它捐赠，命名为"长木公园"，由专门机构管理，向公众开放。从此，长木公园成为美国东部一处著名的游览胜地。

　　长木公园占地 425 公顷，是个有田园风味的大花园，那里有参天的古木、广袤的草地、庄严的城堡、华丽的水榭、花木掩映的宅邸、微扬涟漪的湖泊和举世无双的大温室。

　　长木公园四时之景不同：春则万紫千红，蛱蝶穿花；夏则浓荫满地，蝉鸣曳天；秋则霜林尽染，长空雁阵；

大温室

长木公园

冬则红装素裹，玉树临风。因而游人如归，终年不绝。

我们是圣诞节次日来到长木公园的。只见除了松柏，木叶已尽脱，光秃秃的树枝伸向蓝天；草地半枯黄，花畦中丛丛晚芍也低垂着头，不免有些萧索。于是匆匆瞻仰杜邦氏故居后，便一头扎进了大温室。

这里是春的故乡、花的海洋。世界各地的奇花异卉在这里斗艳争秀，竞相怒放。我们随着蜿蜒的人流，依次参观花廊、苗圃、兰室、蕉林、热带植物区、儿童花园、盆景园……最令人留恋的是三个宽敞的室内庭院，布置有美丽的圣诞树、鲜红的圣诞花，洋溢着温馨的节日气氛。

闻说夜晚长木公园的圣诞灯饰十分壮观，我们便决定下午先去访问数百年来一直保持淳朴民风、习俗的德裔阿米绪（Amith）人居住地，傍晚再来"二进宫"。

灿烂的圣诞树

　　返回长木公园时，天已漆黑，入口处排着长龙。进入园门，我们仿佛来到梦幻的世界，"忽如一夜春风来，千树万树梨花开"。灯和花组成美丽的图画。树下林间，男女老幼都在尽情狂欢，歌声、琴声、呼喊声、赞叹声融成一片。何处圣诞无灯饰？伦敦丽景街的瑰丽、巴黎香榭大道的壮美、香港尖东的巧饰也都是使人神往的，但哪里及得上这里的灿烂。

——原载香港《相机世界》第 217 期

我尽量不选大家熟悉的城市，如我国的北京、上海、广州、南京、西安、成都、武汉和香港；如国外的纽约、伦敦、巴黎、柏林、悉尼、奥克兰、新加坡、曼谷等。也不选大家熟悉的景点，如九寨沟、张家界、庐山、雁荡山、华山、太行山、太湖、鄱阳湖等。拍摄的照片也尽量不与出售的明信片类同。

编后记

李海燕

慎斋金联祯先生人生经历非常丰富，他的旅游经历也是其中精彩的一部分。

作为资深的旅游爱好者，慎斋足迹天涯，故以《屐痕》命名此书，并配以自摄的枫叶晚霞图做封面，可谓相得益彰。

本书选录的，也只是慎斋先生踏足各地的一部分。他的初衷是尽量不选大家熟悉的城市，也不选大家熟悉的景点，拍摄的照片也尽量不与出售的明信片类同，优美流畅的文字和富于巧思的构图传达了作者对生活的激情和审美。

作为本书的编辑，慎斋先生也热情邀请我撰写后记。对于一位值得尊敬的八八老人邀请，我当然是很荣幸的。这不仅因为我是《金融钜子金润泉》的编辑，还因为金家也是浙大图书馆的捐赠者，作为浙大人，我似乎也有些义务和责任。

在我看来，慎斋先生在他的高寿之年出版他的这些游记，不仅仅是为了鸿爪印雪泥，记录和分享自己的游历经历，更重要的是传达了对生活的无比热爱之情。

本书申俭女士撰写的序言《雪泥着鸿爪》标题，不仅有来自苏轼"人生到处知何似"的乐观豪迈气概，也有来源于王云五先生的《反李白春日醉起言志》出典。唐代大诗人李白的《春日醉起言志》诗是："处世若大梦，胡为劳其生，所以终日醉，颓然卧前楹。觉来盼庭前，一鸟花间鸣；借问此何时，春风语流莺。感之欲叹息，对酒还自倾，浩歌待明月，曲尽已忘情。"李白主张的是及时行乐，人生不要劳其生，不妨终日醉。

王云五的诗句是："处世若壮游，胡为不劳生。壮游不易得，岂宜虚此行，偶尔一回醉，终日须神清。雪泥着鸿爪，人生记里程，豹死既留皮，人死当留名，盛名皆副实，人力胜天成。人人怀此念，大地尽光明。"显而易见，慎斋是高度赞同王云五思想观的，"得生斯世，无异壮游，壮游难得不宜虚生。人人抱着不虚生的信念，必须努力对这个世界有所贡献"。即便是英年已远，依然壮心不已，这样的老人怎能不令人尊敬？

本书的策划和出版得到了西泠印社社务委员会申俭女士的大力帮助，她按照慎斋先生的嘱托和出版意图推进书稿，并进行认真的校对和审核工作；杭州棱智广告有限公司雷建军先生完成慎斋先生手稿的文字录入、图片处理和装帧设计工作，为书稿尽早出版作出了努力，在此一并表记。

李海燕
2024 年初冬于浙大求是园